KB270280

내 그림자가 사라졌다

내 그림자가 사라졌다

김다연 시집

인쇄일 | 2025년 09월 15일
발행일 | 2025년 09월 19일

지은이 | 김다연
펴낸이 | 김영빈
펴낸곳 | 도서출판 시아북(詩芽Book)

출판등록 | 2018년 3월 30일
주소 | 대전광역시 동구 선화로214번길 21(3F)
전화 | (042) 254-9966
팩스 | (042) 221-3545
E-mail | siab9966@daum.net

값 12,000원

ISBN 979-11-94392-44-6(03810)

* 본 사업은 2025년 천안문화재단 문화예술지원금을 지원받은 사업입니다.
* 저자와의 협의에 의해 인지를 생략합니다.
* 잘못된 책은 바꿔드립니다.

내 그림자가 사라졌다

김다연 시집

■ 시인의 말

상처가 상처를 덮고 새살 돋았다

시詩의 방에 세 들어 살면서부터
나무 한 그루 자랐고,

발칙한 감정의 소용돌이 따위
거뜬히 먹어치웠으니,

생生을 다지는 희로애락喜怒哀樂에 자생하며
군락을 이룬 나이테의 품격도

충분히 달콤 쌉싸름했다

언제 또 이리 울울창창한 시詩의 방 옆에
따뜻한 온돌방 한 칸 들일 수 있을까

2025년 09월

김다연

2부
꽃의 상처

3부
아라리

내 그림자가 사라졌다

김다연 시집

1부
마음

새 신발

새 신발을 샀다
아직 길들지 않아서인지
여기저기 문턱을 드나드는 동안
발뒤꿈치에 복숭아꽃 피었다

새 것에는 새 것만의 물색 있어
말랑말랑 부픈 복숭아꽃 살 속
무시로 범람하는 파도소리에
후드득 꽃잎 쏟아지는데

하루에 열두 번도 더
접었다 편 복숭아꽃 신발
마음 같아서야 진즉에
벗어 던지고도 싶었지만

한 순간에 길들 일도 아니고
저절로 허물 벗고 야들야들
새살 돋을 때까지야
단단한 복숭아뼈 키워야 하리라

새의 죽음

통유리 창에 얼비친 산 그림자에
느닷없이 날아든 새 한 마리가
부딪혀 기절했다
제 삶의 반의반이나 채웠을까
축 늘어진 몸뚱이가 가여워
울타리에 옮겨 주었는데
다음날 아침 새털 한두 가닥만
덩그마니 남았을 뿐
날갯짓의 흔적조차 없다
뻔한 짐작에 다들
밤새 고양이에게 물려 죽었을 거라
애먼 소리 한 마디씩을 보탰지만
나는 뭉클 만져진 땅기운을 받아
힘껏 날아올랐을 거라고
허공에도 길은 있어
그 새 한 마리쯤이야 충분히 품고
천공의 시간으로 직진했을 거라고
간절한 축원을 읊어댔다

또 다른 새의 죽음이나마 막아보자고
붉게 물든 석양을 밀어내고
유리창마다 모조독수리 형상을 붙여
새 길 터주었다

눈부심의 경계

몽환의 아침 같은 안개 자욱합니다

꿈의 언저리를 빠져 나온 기울기로
시간은 흐르고
지구 반대편에서 날아드는 소식은
빠르게 영롱한 초록을 두드리는데
인화된 사진처럼 나란히 누워
함께 잠이 드는 날에도
가엾은 새들의 부리는 허공을 쪼고
꿈결인 듯 현실인 듯
안개 속을 헤매다 눈을 맞추면 문득,
햇살 비추는 둥근 창 너머로
아득히 번지는 생각의 무늬가
스멀스멀 놀러옵니다
그 놀러온 생각의 무늬 애써 뭉개느라
아침을 보채는 식탁 텅 비었어도
엉성한 시곗바늘 뒤 괜한 조바심에
천근만근 내려앉은 발걸음 그러모아
밤새 닫혔던 문을 열고나서면

미처 피우지 못한 나뭇가지에
스리슬쩍 내려앉은 계절은 또 쏜살같이
눈부심의 경계로 일상을 데려 갑니다

그리곤 아직도 출근중이라고 연락합니다

당신의 얼굴

함초롬한 이파리 위에 수국이 피었어요
행여 늦었을까
갸륵한 시간 끝을 돌고 돌아
무늬처럼 숨어든 당신 얼굴이
동그마니 햇살의 경계를 허물고
막상 웃음꽃 활짝 피운걸 보니
당신을 보고 싶은 마음에 애가 닳았던
내 마음 따위야 별스럽지도 않았지만
이미 내 마음을 벗어난 당신이
솔직히 안 오면 어쩌나
애써 먼 곳만을 바라보았지만
한두 번 풍경에 밀린 마음이라고
감쪽같이 숨길 수도 없고
그저 반갑고 고마운 마음이 앞서
옛 풍경이라도 증표삼아
당신 얼굴이나 한 컷 남겨볼까
얼른 사진기 셔터를 눌렀지요
물론 당신이야 그런 속없는 짓이
무슨 소용이냐 손사래를 치겠지만
한 번 보인 등을 또 보이고 만다면

잠시 바깥에서나마 서성이던 마음
다시 물든다한들
처음처럼 탐스럽게 핀 당신에게
가닿을 수도 없을 테니까요

가을장례식

계절의 끝자락에서 부고 한 장 날아듭니다

단풍, 단풍이 죽었다고

생과 사의 간극에서 그토록 짧게 머물다 갈
인연이었던 것을
온 산야 낭자하게 번진 핏빛에
한 계절을 흥청거렸던 단풍잎들

그토록 열렬했던 순간에 대한 예의로
고운 수의라도 한 벌 준비하고
수려한 축문이라도 한 줄 읊을까 싶었지만
어디에도 조문행렬은 보이지 않습니다

어떤 무늬이건
아름다운 것들은 아름다움으로 세상을 열고
다 지나간 시간 다음엔
또 그렇게 아름다움을 피우려 애쓰겠지만

계절을 지나는 슬픔 한 짐 부리고 가는
이 예의 없는 가을의 장례식에
온전히 제 마음을 다 할
상주 한 잎조차 남지 않은 까닭은

남은 것들은 또 그 잠시의 황홀에 기대어
아무 일도 없었던 듯 살아갈 것이기 때문입니다

그루터기

나무를 베고 남은 밑동에 둥근달 환하다

그 환한 둥근달 조금씩 기울어가는 동안
홀로 돌아앉은 여인女人의 굽은 등은
두둥실 맨발에 떠밀려
무늬 깊은 나이테의 화석이 되리니

바람이 둥근 무대 위에 올라 칼춤을 춘다

어둠 속에 가만히 숨죽인 관객 앞에
그 여인女人만의 숨결 만천하에 드러나도록
그치지 않는 장막의 슬픈 알갱이마저
삼켜버릴 듯

텅 빈 무대의 모든 시침과 분침마저 멈추었다

그 순간 이미 홀쭉해진 여인女人의 춤사위는
더 이상 스치지 않는 바람의 길목에
시퍼런 울음 목 놓아 부르며

널브러지는데

얼마나 가득 푸르렀는지를 잊은 채
마지막 조명을 향해 달려드는
무심한 몸짓

춤추는 그 여인女人 다음 생生엔 한 뼘쯤 더 자랄까

마음을 놓쳤다는데

오랜 관행처럼 묵은 안전 불감증에
나 한사람쯤이야 괜찮을 거라고
논두렁 밭두렁에 멋대로 불을 놓거나
조상님 묘지에 라이터를 켜대더니

이천이십 오년 물오름달* 이십이일
성묘객의 실화로 추정되는 의성산불은
순식간에 경상도 일대를 휩쓸었다

평생을 의성마늘 한 쪽에 달디 단 밥을 먹고
청송사과 한 알로 터전 일구었던 그 곳에선

천지가득 봄기운보다 먼저 날아든 불길에
어느 농촌마을 주민들은
경운기를 동원해 계곡물을 퍼 올리는
기지로 마을을 지켰고

이별엔 연습도 없을 거라고

한 청년은 혹시라도 도망 길에 고립될까
마대자루 가득 수건이란 수건은 다 챙겨
동네어른들을 차에 싣고
줄행랑을 놓았다는데

자칫 숲에서 시작해 숲으로 끝날까
안타까움만 활활 타올랐지만

그래도 어울림의 한 세상 마음이란 마음
모두 하나 된 덕분에 열흘만에야
겨우 꿈틀대던 그 불길 잡고
목숨일기의 여정을 끝냈다는데

앞 뒤 없는 그 생사의 갈림길에서
누군가는 천금 같은 목숨을 잃었고
누군가는 소중한 마음을 놓쳤다는데

초록을 전부 잃은 초록은 더 이상
초록도 아니어서
그 초록의 찬란함 다 지우고 말았다는데

* 삼월의 순우리말

잎이었어야 해

울울창창한 숲에 나무를 지탱하는
잎이었어야 해

아무리 거센 바람 몰아쳤어도
나무의 내력 부서지는 한이 있었어도
초심을 잃지 않는 굳건함으로
수려한 그 나무의 잎이었어야지

귀 기울여봐
저 산봉우리의 고즈넉함을 열며
이골 저골 휘젓는 은피리소리처럼
맑은 새소리 금방 들려오잖아

그나마 잎이 없었다면
사방팔방 어디를 둘러보아도
더불어 풍성한 한 뼘의 그늘인들
가당키나 하겠어

고단한 발길 길을 잃고 헤맬 때면
햇빛 꽉 들어찬 숲의 골짜기마다

고요한 바람 한 자락 쉬어가라고
신실한 제 품 열지도 않았을 걸

한 때 가뭄 들어 잎이 마른들
새순 돋는 환생을 막을 수도 없었을 거야

김장김치가 잘 익었을 때

온갖 양념 다 버무려 잘 익혀야하는 것이
김장김치뿐일까

달리 말할 필요도 없이
배추는 이미 배추밭에서 가장 싱싱한 것들만을
골라 소금에 절일 때부터
그 싱싱함을 품고자 다소곳해졌지만

김장이 무슨 행위 예술도 아니고
매년 같은 방식으로 저리고 버무린다고
어떻게 똑같은 맛만 낼 수 있겠어

어느 해는 너무 많은 풍파에 절은
천연소금 때문에 짤 수도 있고
어느 해는 산바람 들바람 잔뜩 든
무 탓에 싱거울 수도 있는 거지

아무리 배춧속 실하고 실해도
그 속 차오르는 순간 한번이라도
바람 한 자락 들고 날 틈조차 내지 않았다면

어찌 그 속을 채우고 어찌 그 속 채울 틈을
벌 수 있었겠냐고

언제라도 모자란 마음에 싹을 틔우고
무럭무럭 키운 배춧속 같은 마음이 없었다면
김장김치 이토록 맛깔스럽게 잘 익었을 때
언감생심 입 안 가득 파란 일으킬
김치찌개 한 그릇 맛볼 수나 있었겠어

마음속 집 한 채

마음속 집 한 채 지어 본 적 있나요

시도 때도 없이 피고 지느라
천금 같은 목숨줄 앞에서
온갖 호사 다 놓아버려도
쓰러진 누옥 한 채 만으로는
뼛골 시리었건만

폐허는 또 다른 집의 이름이라고
빗살무늬로 얼룩진 계절처럼 무너져
막다른 벼랑 끝 문설주에 기댄
흙무더기 한 짐 짊어져 본 적도 없건만

집은 목수가 지었어도
정원이야 당연히 집주인의 몫이라고
분꽃이나 채송화라도 한 아름 떠다
심고 가꾸면서

난생 처음이어도
안쪽은 슬픔이지만 바깥쪽은 기쁨인

나무 같은 시詩 한편 써도 좋을
그런 마음속 마당 넓은 집 한 채

겨울산수유

꽃만 제일인 줄 알았는데
빈 가지 끝에 걸린
열매의 붉은빛 또한 제법이라
아직 비워지지 않아
더 비워야 하는 것들
눈뜬 하루 내 성글어지도록
속없는 나를 비웃지만
속이 비고서야 비로소
그 열매의 탐스러움 보았음을
고백하노니
기댈 것 없는 이 스산한 계절에
너나없이 눈 가리고
바라보다 지나치는 것들
진심에 닿기도 전 스러질 때
가장 일찍 피었어도
가장 늦게까지 물들어
한 시절 쓸쓸함을 채우는 흔적에
빈 마음 살짝 얹어보다가
그 붉은 열매의 올곧음이 너무 좋아서

마음 어름어름
충분한 물보라 일었던 것이다

까치놀

석양 무렵 먼 바다의 수평선에
번득이는 노을을 까치놀이라 한다네요

이 세상에 흔히 쓰이지 않는다 하여
없는 것도 아니고
까마득하다 하여 그 의미마저 다한 것도
아닐 진데

뼈대만 번지르르 해 속없는 말보다야
바닥까지 그윽해지는 멋은 있어야지요

나는 그래서 더욱 이런 말이 좋은가 봐요

까치놀이라 부른 한 마디에 어디
먼 바다의 석양인들 빛이 바랠까마는

때가 되면 별은 마음에 뜨고
석양은 먼 바다에 든다고 한들

없는 말도 있는 듯 어수선한 세상에
있는 말조차 쓰이지 않아 사라진다면

이 세상에 제대로 남아 날 것
아무것도 없을 테니까요

고드름

겨울 햇살에 쨍~
처마 끝 빛으로 매달려
거친 시속을 뚫고 자라서인지
초가집 한 채 끄떡없이 받치고 있다

어차피 외줄기 곧은 삶이란
이리저리 굽이쳐온 삶보다야
파란만장이어서인지
애초에 굽힐 마음 따위도 없겠지만

반나절 한통속으로
무엇인가를 품는 일이란
결코 쉽지 않아서
곧추 세운 뼈마디 오죽 시렸을까마는

겨울이 없으면 눈도 없고
눈이 없으면 고드름 또한 없으리니
소박하게나마 뻗대보고 싶은 마음
땅 끝을 향했으리라

그래도 한 시절 키운 보람인데

찬바람 속 곧추선 회오리를
단숨에 끊어낼 수도 없고
한 평 남짓한 그늘에서나마
얼음꽃 세상 이루고 싶었으리라

마음을 접는 중입니다

이마에 하나 둘 그어지는 주름살처럼
마음에도 주름이 진다면
어떻게 펴야하나

삶의 서정을 닦는 길 끝에서
이런저런 이유로 구부러진 마음은

말할 나위도 근거도 없는 것들로
시간의 마디를 뚫고 나온
아득함에 분별없이 사위는데

얹지 말아야 할 것들 자꾸 얹어
어떤 노래를 해도 시詩를 써도
흥이 돋지 않는 무량함에 젖어드는데

항간인들 마음자리 둘 곳 없다면
무량겁의 마음인들 자리 잡을 데 있을까

호사스런 마음을 접는 중입니다

세상물정 모든 것 그러려니
우주의 산천초목 하나 둘
내 마음에 들이는 중입니다

아름다운가게[*]

안 입는 옷을 한 아름 정리해
아름다운가게에 갔다

아직 간직할게 많아서
옷장을 비우는 순간
헌옷으로 분류 되었지만

살아생전
잘 차려입고 다니는 동안은
충분히 제 본분을 다했다

버리고 갈 것만 남아서
참으로 홀가분하다는
노老 작가의 한 마디가 아니어도

일생에 한번 오는 마지막이라면
수의 한 벌로도 족할 것을

헌집 주고 새집 얻는 두꺼비처럼
헌옷 주고 여지없이 새 옷 한 벌

탐했음에도

툭,
나눔을 실천한 기부천사로
등극했다는 문자가 날아왔다

빌어먹어도 시답잖은 헌옷 값이
연말정산 된다는 한 줄도
따라붙었다

* 비영리 공익법인

가문비나무 아래*
- 동네책방

우리 동네엔 문득 들어서면 언제나
캄캄절벽이던 내 마음에
뭉클함 한 사발 안기는 곳이 있다

와도 그만 안와도 그만이겠지만
저마다의 마음 씀씀이가 기특하여
어딘지 모를 곳에서 잃어버린
서사가 고스란히 살아 있는 곳

둥근 하루를 건널 창을 내고 싶어
물심양면 보태는 마음들이 모여
옹기종기 서가에 꽂힌 책의 행간마다
훈훈한 온기 쟁이었으니

옛 시절 흔적이 간절한 사람들
듬성듬성 만나 예의를 다하지 않아도
본시 나무랄이 없는 가문비나무숲엔
사방팔방 그 어떤 차별도 없다

가시버시 책방지기의 오체투지에
글쟁이도 그림쟁이도 이심전심
마음보따리 풀어내는 단골집 삼았다

* 천안시 불당34길 3-20

정이품송正二品松이 꺾였다

온 산야 폐허가 된 자리마다
울음소리 낭자하다

상실감보다 더 가파른 벼랑
어디에 있다고

흐르는 것이 물만은 아니어서
바람도 흐르고 시간도 흘러

초속 18.7m 미친 비바람(KHANUN*)에
육백여년 버텨온 고고함이 꺾였다

등줄기 곧게 폈던 날들
한바탕 시름에 넋을 잃고 말았는데

사람의 마음도 흐르고 흘러
아프고 아픈 곳에 닿을 수만 있다면

본래 곧았던 것들이
다시 곧아지는 그런 날 오려는가

* 2023년 제6호 태풍 카눈(KHANUN), 필리핀에서의 이름 태풍 팰컨
(Typhoon Falcon)은 일본 오키나와 제도와 일본 본토를 거쳐 한반도에
상륙해 소멸한 강력한 세력의 불규칙한 이동을 보였던 거대 열대 저
기압이다. 6번째로 명명된 열대 저기압이자 2023년 태풍 중 4번째
주요 태풍이다.

마이산

지도의 한 점 마이산은 말의 귀를 닮았다 하여
그 이름도 마이산이라네

그 산은 온통 돌 뿐이어서
낭창낭창 일어서는 산 그림자에
생사의 비탈길 더욱 오묘한데
산이라기보다는 그저 아스라한 바다 속
한 풍경이 솟아오른 것은 아닐까

때때로 파도소리 넘나드는 이 산엔
돌 틈 속을 비집고 나온
능소화 꽃무리 만발하여서
불인지심不忍之心에 겨운 꽃송이들
수천수만의 꽃 등불로 반긴다는데

뒤숭숭한 세속을 한탄하며 입산한
이십 오세의 젊은 처사는
구십 팔세로 세상을 떠나기까지
그저 제멋대로 뒹구는 돌들을 날라 와

한 탑 한 탑 구국의 염원을 쌓았다는데

그 염원 얼마나 깊고 깊었으면
수천만 년을 저토록 단단하게 버터냈을까

오가는 마음에 차고 넘치는 흥청거림이야
별반 다를 것도 없을 텐데
아파트 붕괴 사고가 빈번한 요즘 구조물엔
그 단단한 염원 빼고 무엇이 부족했던 걸까

마음으로 가는 길
- 구룡령 고개

1.
애초 바람의 터전이었어라

아홉 마리 용의 형상인가
산은 산이 아니요 땅도 땅이 아닌 채
하늘로 닿아 있는 곳
끊어질 듯 이어지는 굽이마다
저절로 깊어진 안개와 산사람들의 내력이
수없는 바람꽃으로 물들었나니
하루쯤 아무렇게나 머물다 스러져도 좋을
산마루에 누워 초연한 숨결 고르는 이곳은
길의 끝인가 시작인가

2.
마음으로 가는 버스엔 차비도 없다는데

깎아지른 삶 중턱에 코를 박고 어깨를 묻고
특별히 얹어야 할 짐도 없으면서
평생 끌어안고 가야 할 너의 길도 아니고

끝내 저버리고 말 나의 길도 아니면서
단지 멀어서 좋고
절대 다시 올일 없어서 더 좋다고
불쑥불쑥 들려오는 유행가 가락에
엇박자를 놓으며 가는 이 길은
정녕 참인가 거짓인가

내 그림자가 사라졌다

김다연 시집

2부
꽃의 상처

영산홍

길가에 영산홍 흐드러졌다

누군가 한바탕 출혈이라도 한 듯
선홍빛 찬란한 꽃 마냥 바라보는데
문득 처연함이란 단어가 떠올랐다

그 꽃의 본질 때문도 아닌데
하필 처연함이라니
일순간 제 심사 편치 않다고
함부로 처연함을 규정하였으니

이 계절 아무래도 나는
꽃을 대하는 편협함으로부터
자유로울 수 없을 것 같다

이젠 혼자만의 방이 필요할 때

혼자 웃거나 울다가 아무렇게나 잠이 들어도 그만인
그 방의 천장엔
세월의 두께를 이기지 못해 늘어진 LED 형광불빛
느리게 깜빡거리고
얼룩무늬 진 벽지엔 그물에 걸린 거미 한 마리가
닳지도 않는 날의 무게만큼 씩씩 입김을 뿜어대도
아무도 모르게 문 탁 닫아걸고 깊숙이 들어앉아서는
발가락 사이로 기어오르는 햇살 한 줌 냉큼 걷어
베개 밑에 숨기고는
무심히 잡힌 책 한 권을 들고 저녁이 다하도록 읽거나
넷플릭스에 존재하는 세상 모든 슬픔이라는 장르의
드라마란 드라마는 다 찾아 섭렵하면서
하루 세끼 밥 정도야 너끈히 걸러도 좋은 시간을
맘껏 누릴 수 있는,
하루쯤 세수를 하지 않거나 머리를 빗지 않아도
덕지덕지 화장품을 찍어 바르지 않아도
저 넓은 우주에 곰팡이가 슬 것도 아닌데
해가 지면 슬쩍 창가에 달라붙는 별빛 한 점에
살랑살랑 다녀가는 바람의 심장이나 흔들면서
마음 속 불도 활활 지필 수 있는,

큰 맘 먹지 않고도 왠지 마음이 놓여서
달님도 가만히 마실 와 함께 노닥거리다 가는
그런 혼자만의 둥글고 환한 방

문지방

문지방에 앉거나 밟으면 복 달아난다
소스라치던 할머니의 호들갑이
4차원의 공간을 열고 오버랩 됩니다

뭉개도 아프지 않을 상처란 키우지도 말아야지

안과 밖의 경계에서 항상 위태로웠던 기억이
몽실몽실 문지방을 넘나드는 동안
그 문지방의 낮은 턱 하나를 없애자고
시 분 초를 아껴가며 건너온 옛 시절이
자꾸 길고 굽은 날의 오리무중을 불러 옵니다

스스로를 일으키는 심지가 닳고 닳아서야
혼자서는 화장실을 갈수도 목욕을 할 수도 없는
지경을 맞이한 지금,

문턱 위 융성했던 날들의 허망함을 깨달은 할머니는
어디에도 지탱할 것 없는 삶이 얼마나 쓰라린지를
뼈아프게 새기며 지난날을 후회하는 듯했지만

위태로운 줄도 모르고
오래된 기억에서 푸슬푸슬 살아나는 습관대로
슬며시 밤의 낭떠러지 끝에 내려서서는
어둠 반대편에도 길이 있다고 고집을 부립니다

그래서 나는 이 세상 할머니 곁에
오롯한 것이란 더 이상 아무것도 없다고
문지방 턱을 확 깎아버렸습니다

동백꽃 2

혼자서 간직하기엔 너무도 먼 기억 저편에서
한 소녀가 울고 있습니다

저녁노을 애매하게 서산마루에 걸려 있고
시골집의 굴뚝에선 연기 솔솔 피어오르는데
그 울음을 거스르는 소녀에겐 낯익은 것들이
자꾸 송이 째 뚝뚝 떨어져 옷깃을 스치고,

그 떨어진 것들로 가득 찬 기억의 뜨락엔
무엇보다 먼저 달려 나온 붉은빛이
한동안 채울 마음을 다해 겨울 한기를 털고
팔랑이는 꽃 이파리, 그 꽃 이파리의 휘파람처럼
붉은 입술에 자꾸만 엉겨 붙습니다

고요의 숨소리가 긴 꽃그림자로 내려 앉아
한낮에 뜬 별들의 품속에 진을 치고는
그럭저럭 다독이던 소녀의 이야기를 끄집어내려
저장되지 않은 기억의 어디쯤을 후벼대지만

어차피 한 번 왔다 가는 게 꽃의 생生이라면
평생을 세찬 바람 몰고 가는 엄마의 등허리에
새겨진 영구불변의 상흔처럼
필 때 피고 질 때 지는 숙명이라도 받아 안고
한 송이 동백이 되고 싶었던 그 소녀,

떨어지는 것들 뒤에는 반드시 여백이 있다는 말에
당찬 울음 물고 통꽃의 전설이 되었답니다

꽃은 상처다 1

온 동네 담벼락 곧은 결기에
저절로 그윽해지는
봄날의 꽃잎, 꽃잎, 꽃잎들

어쩌자고 그 화사한 심사로
저리도 발돋움을 하는지

거칠 것 없는 지천에
아롱다롱 일어서는 눈시울처럼

이 꽃잎에서 저 꽃잎으로
색색의 고깔 물밀어 올리는
마음 따위 의심한 적도 없지만

잘 다져진 천형의 씨방 속
그토록 사무쳤던 속절없음이

피어보고자 살아보고자

저마다의 물줄기로 자지러지던
봄날의 환장할 어림짐작이었다니

본디 꽃은 다 상처인 것을

후리지아 2

내 마음 안에 혹 봄물 들었다

아라리 아라리 물든
봄의 말씀 한 마디를 데리고
소유의 밥을 먹으러 와
우리 집 식탁에 앉은 탓이다

향기 속에 빠진 물방울이
투정이라도 하듯
나이 지긋한 어깨 너머로 자꾸
식탁 모서리를 맴돌고

아직 찬바람 가득한 바깥세상의
수상한 시절은 또 자꾸
지불한 적 없는 꽃값이라도
내놓으라 지분대는데

식탁 한 쪽 모서리에 하염없는
꽃망울 하나 매달고
시시콜콜 영토 확장을 꿈꾼 탓이다

꽃은 상처다 2
- 허난설헌

그저 한 시대의 빛나는 꽃인 줄 알았건만
가늠할 수도 없는 천길 벼랑 끝에 매달린
설운 꽃이었다니

저절로 오거나 사라지는 삶이 아닌 담에야
누릴 것 다 누리고 피울 것 다 피우면서
문장의 도원에 이르렀으려니 짐작했을 뿐

가장 슬픈 여인으로, 어머니로, 누이로
글의 시령에서 한 줌 명예를 탐한 적 없으련만
시詩 한 짐에 그토록 에이는 생生을 불살랐다니

넋 놓고 묵상하는 삶의 안쪽을 들여다 본 난감함에
눈물은 또 저 무수한 꽃잎 속의 처연함으로
몇 생生을 건너 출렁이나니

잘 익은 한 떨기 꽃으로 사무치는 그 이름이여
마음 없는 길엔 상처 또한 없을 것을
부디 뭇사람의 가슴마다 별빛 인연으로 만발하시길

꽃은 상처다 3
- 82년생 김지영*

울음도 사치일 때가 있답니다

분별없는 아기 울음에 지친 해질녘
가슴이 쿵 내려앉을 때면
본능대로 한 점 노을 속에라도
숨어들고 싶었지요

어쩌면 여자에게 인생의 출구란
처음부터 없었는지도 몰랐어요

별반 다르지 않은 80년대
비장할 것도 없는 삶속에서
외할머니로 친정 엄마로 빙의하여
마음속 차곡차곡 쌓인 울분을
토하고도 싶었지요

아무 일도 없었다는 듯
밥을 짓고 국을 끓이는 일들에
당연한 듯 영혼 없는 마음 시들어가도
슬픔의 뿌리 다 잘라낼 순 없었구요

그럼에도 오늘

수천수만의 평등한 잎과 잎으로

벽과 벽사이의 여백을 뚫고

저마다 오롯한 물길로 치솟았으니

울음도 한낱 사치랄 수밖에요

* 조남주 소설, 김도영 영화

꽃은 상처다 4
- 내 동생

두발이 굽은 소아마비로 태어나
내 좁은 등판이 세상의 전부인 듯
온 동네를 섭렵했던 아이

다섯 살이 되어서야 첫 걸음을 떼었다

모든 것 마음에서 비롯됨을 알고
발은 굽었어도 마음만은 곧아서
이 세상 아픈 사람 다 고치겠노라
포부도 태평양 같았던 아이를 품었지만

장맛비 구슬프던 여름 날
엄마의 등허리를 가르는 별이 되었다

한 세상 가누지 못할 설움에
늘 아슬아슬했던 엄마의 넋은
자주 길을 잃었고

정이라도 떼어 내느라 그랬을까
학교 길의 애장골*을 지날 때면

숨도 못 쉬고 뛰었던 나는,

여전히도 먹먹한 그리움에 물들어
기억의 한 조각을 먹는 그 아이로
슬픔인 척 아닌 척 멍울지는 것이다

* 아기를 매장하는 곳

꽃은 상처다 5
- 이태원 참사

그 순간 덜컥 겁이 났을 거야

사람들은 무섭게 밀려오고
숨은 쉬어지지 않는데

온 몸에 힘은 빠지고
발밑에 바스러지던
그 거친 숨소리들 때문에

아마 생각지도 못했을 거야

집에는 아무 말도 않고 나왔는데
축제가 축제 아닌
아수라장이 되어가는 동안

그렇게 어이없는 한순간
언제나 따뜻하고 보드라웠던
삶을 송두리째 잃고 말 줄이야

그래도 산 사람은 살아야 한다고

예리하게 그어진 선 밖에서
빛의 얼룩 따위 상관없이

손을 헹구고 머리를 감고
혀를 깨물며 일어서던 그림자라도

등 내밀어 냉큼 업고 싶었을 거야

수선화 이파리 한 잎

흘려야 할 눈물을
삼켜야만 할 때가 있는 것처럼

시詩를 쓴다는 것은
참으로 밥도 국도 아니어서

무엇을 쓰고 지워야 할지는
실상 돈도 옷도 아니어서

훌훌 던져버린다 한들

지금껏 견딘 시간들이 의미 없다
무릎 꿇을 일도 아닌 것을

저 홀로 아프고 저 홀로 앓다가
숙성된 생각처럼 낳은

연둣빛 수선화 이파리 한 잎

가만 내려앉는 햇살 한 줌 한 줌이
참으로 아깝기도 하여서

돌쩌귀에 기댄 바람은 시간을 울고
그 시간 한 톨의 눈물에 갇힌 휘파람은

나보다 먼저 피고 나보다 먼저 지는데

한날한시 얼굴 한 번 마주할 일 없어도
눈뜬 꽃의 세상 찾아 먼 길 떠나려하네

창백한 푸른 점[*]

밀어내는 힘과 끌어당기는 힘의 중심에는
무엇이 있을까

백년 만에 최저온도를 경신했다거나
최고온도를 넘어섰다는 수식어가 심심찮은 세상에

지구 온난화로 더 많은 햇빛이 땅과 물을 흡수한다면

잠시 오고가는 시공간에서나마 봄이라거나 가을이라는
단어조차 희미해지는 그런 날이 온다면

사라지는 것들에 대한 공평을 논한들
무슨 의미가 있을까

예기치 않은 순간 급격한 기후변화로 어디선가는
화산이 터지고 운석이 충돌해 생태계가 무너지고

거침없는 시간의 축을 거슬러 올라
의식과 무의식의 혼돈이 한바탕 뒤섞인다면

현실과 우주공간이 변하고 다시 응집하여
하늘과 땅, 물과 불이 점점 균형을 잃는다면

창백한 푸른 점의 생명체인들 영원할 수 있을까

* 보이저1호가 찍은 지구

울 엄마 1

병원 창가에 앉아 자식 오기만을 기다리다
돌덩이가 된 당신
생의 어느 갈피에선가 나는
당신에게 가는 길을 잠시 잃었는데

당신의 모든 순간엔 내가 있음에도
내 모든 순간에 당신만을 들일 순 없어
당신을 향한 시간의 문을
언제든 활짝 열순 없었는데

쑥부쟁이처럼 다 내려놓아서
홀가분하다고
허허롭게 웃는 당신을
이제 누구의 가슴에 가두어야 하는지

그래도 오랜만에 봤다고
미륵불 환한 미소 짓는 당신과 내가
저녁별 같은 사람이 되어
언젠가 또 마주해야 한다면

그때는 제발 천 가지 슬픔에 겨워
서로의 가슴 저미지 않기를

오순도순 놋쇠그릇 닦던 시절이
마냥 그리워 몸부림하는 바람꽃이여

울 엄마 2

그녀의 의식 속엔 계절이 없습니다

이미 차가워진 손마디 마디엔
찬바람 가득하고
두 번이나 수술한 엉덩이뼈엔
이미 오래전 비껴간 풍경들만
새겨져 있을 뿐

그까짓 남은 삶에 미련은 없다고
말로는 이제 그만 가야한다고
읊조리지만
돌을 쪼개듯 아픈 통증을 배겨낼
재간은 없나봅니다

허리 아래 어디쯤 든
찬바람의 내력이라도 살펴본다고
자꾸만 침대 오름 버튼을
눌러 대지만 이미 끊어진 것을
다시 이을 수는 없을 터

어제 오늘 일도 아니고
벌써 십 년 세월에
탕진할 만큼 탕진한 불면증이
다시 뿔처럼 솟아 그녀의 계절을
쪼아대고 있으니

세상에 좋은 고통이란 없기 때문인가 봅니다

살풀이

난분분 난 분 분
흩날리는 찔레꽃잎들
쟁 쟁 쟁
울려 퍼지는 해금소리
광덕산* 골에
파문 지던 날
접힐 듯 접히지 않는
몸짓으로
잊혀진 세월을
되살리는 춤사위

찔레꽃 이파리
적막을 밀어내듯
그리움이며 슬픔인
기다림이며 아픔인
첫정의 애틋함으로
손끝 툭툭 쳐올리는
설운 바람결
이생에서 저승으로

길을 내듯
온몸에 새순 틔우는

* 충남 천안시 광덕면 소재의 산

부용芙蓉* 상사곡相思曲

한 사람의 흔적이란 이다지도 무거운 것인지요

당신이 떠나신지 오래이건만
길은 멀고 소식 한 줄 닿지 않으니
마음도 한 마음일 수 없을 때
봄빛을 시샘 하는가 봅니다

무고하신지요
멀리 남녘엔 치자꽃 향기 그윽하더라는 풍문
지척인 듯 가까운데
행여 당신 오시지나 않을까
처마 끝 까치울음 소용이 없더이다

그렇다고 열아홉 나를 아파하진 마세요

세월이야 아지랑이 속의 구름과도 같은 것
당신과 함께 있어
달의 마음을 가질 수 있었던 날들에 기대어

맑은 바람 한 줄기 보내옵니다

* 조선시대 여류시인

이별 연습

아무렇지도 않은 수다로
흘려버려도 괜찮을 생채기
암세포로 자라
가슴을 파고들었다

슬픔에 관해서라면
그만 혼신의 힘을 다해
떨쳐버려도 좋겠다고
텅 빈 외로움에 젖어드는
눈빛 하나

늘 함께인 듯 했어도
진정 함께 한 적은 없었다고
살아온 날의 불순물을 토하듯
이해의 껍질 확 깨버렸다

이제는 빛나는 황혼 앞에
당당하게 이별을 고해도
아쉬울 것 없겠다는
목련꽃 유서 한 장 남길 수 있겠다

나물밥 한 그릇

사는 일이 서툴러서
자꾸 마음을 베이던 날

그 베임의 상처가 안쓰러웠는지
함께하는 옆지기
봄 한 숟가락 듬뿍 담아 비빈
나물밥 한 그릇 식탁에 올렸다

그 쌉쌀한 나물밥의 기억 속으로
IT 세상의 화려함을 넘어 선
옛것들 둥실 떠오르는데
아날로그적 마음은 또 이렇게
나물밥 한 그릇에도 허물어지고 마는데

언제쯤이면 나,
다시 사는 일이 늠름해져서
이 나물밥 한 그릇
탈 없이 먹어치울 수 있을까

기와 한 장

견디는 것들의 한결같음을 위하여

정린 박물관* 한 귀퉁이
순교하듯 몸을 부린 기와 한 장

무르익어 번창했던 날들 뒤로 하고
부활의 꿈 지운지 이미 오래라

봄볕 한 사발의 생생함에
제 가진 것 모두 내주고도

맨드라미 채송화 곁에 안긴
달마대사의 미소 한 점이라니

* 충남 아산시 배방읍 소재

3부
아라리

반 고흐의 슬픈 자화상

노란 화병 속에 잠긴 해바라기가
커다란 눈을 뜨고 말끔히 나를 쳐다보네요

잘라낸 귀에선 시뻘건 피가 흐르고요
그 귀를 감싼 천에는 하얗게 물안개 피어올라요

눈부신 햇살은 생활비 잔고보다 빠르게 줄어드는데
파랗게 물든 눈동자 속엔 무엇을 담았을 까요

애초 순한 색감만을 익혀 길들었다면
그토록 고귀했던 날들

색도 모양도 수시로 변하는 것들로 하여
참을 수 없는 것을 참을 수 있게 해주는
그 간헐적 절망에 무릎 꿇진 않았을 텐데요

언제나 추상으로 통하는 경계선을 넘지 않으려
무한의 경탄과 극단적 고독을 묘사하고자 했던 그가

아를의 여인에 치맛자락을 덮은 홑이불처럼

바스락거리는 그 광기의 처절함에 몸부림칠 때조차
生의 저편에선 죽음이 진을 치고 기다렸나 봐요

캄캄절벽의 그 가슴에 총구멍을 내고 말다니요

천둥과 벼락에도 무성해지는 턱수염처럼
테오의 결혼식 종소리가 자꾸 침상을 어지럽혔을 까요

용케 참아왔지만 귀를 자른 자해의 흔적만으론
그 병중의 핵심을 제대로 짚어낼 수도 없었을 테고

도통 가늠조차 없는 통증이 빈번하게 귓가에 잉잉거리고
사이프러스 나무가 말라버린 광기처럼 펄럭거려요

그래서 회복되지 않는 그 시간의 무의미함을
망설임 없이 놓아버리고 싶었을 거예요

물론 희망에 찬 아침을 날아오른 날도 있겠지요

그런 날엔 습관처럼 몸에 밴 색깔로 짙게 더 짙게
스스로를 물들였을 테고요

그런데 그 물들음이 왠지 마음을 아프게 찌르네요

누군가 한 번이라도 온돌 같은 마음 기울였다면
그 새까만 불면의 밤들을 떨칠 수 있었을까요

이제 영영 멀어진 그의 행성에선
날마다 밤이 별처럼 쏟아져 내리고 있어요

벚꽃 친전親展

편안하신가요

한 때 뜻도 모를 잎사귀를 주고받던 우리가
이쪽과 저쪽을 사이에 두고 왕래하지 않은지도
꽤 오래이건만
천지에 온통 흐드러진 벚꽃 잎을 보니
자꾸만 마음 한 쪽이 간질간질 했어요

혹시 꿈속에서라도 나를 향해 손짓 했나요
기회는 다시없으니 지금 와야 한다고
그렇다면 그 의지를 살려 한번 가 보려고요
지나간 뒤에 알아차리는 사랑보다는
한번쯤 앞서가는 사랑도 꽤 괜찮을 것 같거든요

모르긴 몰라도 일주일만 지나면
이 벚꽃 천지 세상도 언제인가 싶게 없어질 텐데

늘 정해진 생각과 패턴대로만 움직이느라
절대 섞여볼 수 없던 우리가 이런 핑계라도 없다면
언제 또 같은 방향으로 걸어볼 오지랖을 떨어 보겠어요

그리고 지금의 순간이 줄지어 세운 사각렌즈 안에
고스란히 담긴다 한들
폭발하는 꽃들의 아우성에 비한다면 아무것도 아니지요

그래서 하는 말인데요

아무리 누가 뭐라고 해도 오늘의 풍경 중 제일은
꽃잎 바람을 타고 스스럼없이 다녀간 당신이었어요

까치집 2

까치도 해마다 시詩의 집을 짓는다는 걸 아시나요

죽은 나뭇가지를 물고 힘껏 날아오를 때마다
몇 년은 묵음직한 낱말들을 함께 얹어
바람과 구름이 지나는 어깨 죽지에 쟁이곤
빈 나뭇가지 위에 촘촘한 시詩의 뼈대를 세운다는 걸

그럴 때면 내려앉는 그 길목의 모퉁이 모퉁이마다
부사나 형용사로 출렁이는 제 파란만장함 다 뭉개고는
진 바닥을 고르는 가장 참한 미장이가 되어
한껏 멋들어진 동사 따위쯤은 수족처럼 부리면서

곡절 없음이란 그 무엇과도 바꿀 수 없는 법이라고
초록빛 서늘한 계절을 지나 절벽을 깎아 세운 허공중에
명사라는 튼실한 울타리를 만들어 채운다는 걸

결국 세상으로부터 도망쳐 와 세상 한가운데 집을 짓는
그 심사가 오죽 팍팍할까마는

폭풍에 젖은 깃털이라도 말리며 쌓인 시간의 터널을
무사히 빠져나가고픈 꿍꿍이속 있어
저토록 가파른 집을 짓는다는 걸

참으로 경이롭지 않은가요

여백의 미美, 세한도歲寒圖

한 중늙은이가 걸친 누더기 한 장
말없는 뜻으로 마음을 벼리고
허허로운 미소로 남루를 껴안았으니
하얀 백지위에 붓을 들어 펼친들 그 어떤
기교도 없고 과신도 없음이라

그저 오고가는 마음 깃든 빈 공간에
시들지 않는 외로움과 절절함만으로
지고지순至高至純의 의리 한 점
말로 다하지 못할 고독을 담았으니

다시 길이 열린들 자유로울 수 있을까

깊은 고요는 오히려 경계를 허물고
향기로운 인연을 더했으니
세상 고혹한 수식어를 붙여본들
시리고 푸른 그 마음에 닿기도 전
녹아들어 스러지고 말 것을

몸은 비록 가시넝쿨에 갇혔어도
마음만은 천리만리 날을 수 있어
빈번한 제자의 집 문턱에
파도를 헤친 한 조각 마음이라도 살라
묻어두고자 하였으니

본래 가진 것 천지였어도
분별없는 세상은 매 한가지였어라

아라리가 났다

어떤 마음은 절대
칼로도 베어지지 않는다는 걸 알았다

무궁화 삼천리강산 여전하고
십리길 못가 발병 나는 이유도 똑같지만

삶도 죽음도 분명치 않은 아수라 천지에서
숨 멎을 듯 참혹했던 광주의 오월과

작별다운 작별 한번 못한 시름에
섧디 서러웠던 제주의 사월 더불어

모든 것 괄호 속에 가두지 말고
더 많은 영혼에게 가 닿으라고

누군가는 블랙리스트를 명했지만
누군가는 보란 듯 노벨문학상을 수여했다

마침내 한강*에 봇물 터지더니
아리아리 값진 아라리가 났다

* 2024 노벨문학상 수상 작가

구절초

네 눈짓 한 번이면 그만이었다

애당초 새초롬한 마음쯤이야
단숨에 홀려버릴 수 있었으니
심장의 떨림 쯤이야
아무데나 떨구어도 괜찮았다

그렇다고 향기의 감미로움까지야
함부로 버릴 수 없었으니
생生의 뿌리를 찾은 순간
제 콧잔등에 흐드러진 노을처럼

한번쯤은 그 순정을 믿고 싶었다

굳이 내가 아니라 한들
도처 골골에 낭자한 꽃 멀미에
천차만별 다정한 발길
끊이지 않을 것이니

상사지심 간절한 마음 또한
잠시 머물면 다행일 것이라

한번쯤은 인사로나마 보고 싶었다

난 3

나는 그냥 너의 그 푸르름이 좋다

너무 과하지도
부족하지도 않은
제 잎 하나로도 충분한
출렁거림과
무심한 듯
시간의 틈을 비집고 피운
은은함으로
그만 지고 싶다는 생각마저
잊게 하는
처절한 삶의 격랑과
아리다는 것이 새삼스런
눈물겨움이

자꾸 마음에 닿아

지천의 풀꽃들 한층
스스럼없다 여기는

올곧음과
묵묵히 꽃 피울 줄 아는
섭생의 그 찬란함이

참으로 좋다

물끄러미

오래 되어도 가시지 않는 슬픔이 있다

처음부터 평행의 우주를 넘나들었다한들
삶의 얼토당토않음이야 누구에게나 마찬가지겠지만

어딘가 닮아 있을 서로를 찾아가는 길의 끝에서조차
덜 사랑하거나 더 사랑하는 사람은 있어도
똑같이 사랑하는 사람은 없다는 사실이라든가

하루에도 몇 번씩은 마주하고 부대끼면서도
너무 무심해서 서로의 이름 한번 부르지도 않다가
어긋나는 부피만큼 커지는 그 슬픔과 마주하는 일들

돌아서면 누구나 서로의 뜨거운 심장 하나 들어내면
그만이다 싶겠지만

전생에 수천의 옷깃을 스쳐서야 다시 만난 인연인 것을

우두커니 한 곳만을 오래 오래 바라볼 때조차
겹겹의 마음 한 가닥이나마 끊어내지 못하는 것은

최후의 빛이 사라지는 순간까지도
더 큰 슬픔이 무르익기를 기다려야하기 때문이다

개구리

울어라
얇은 파장에 혼을 묻고

이미 떠난 길 다시 오는 일이란
천부당만부당이겠지만

살아생전 다하지 못한 마음
한이 되어 울어야 한다면

그 절절함 다할 때까지

울어라
시린 어깨에 넋을 묻고

누구에게나 모든 순간이란
넘치거나 모자람인 것을
죽어서도 끊지 못할 마음 남았다면

다시 찾아온 길
온갖 세파에 넘어지면서라도

그 먹먹함 다하는 날까지

'나'라는 책 한 권

첫 장을 열면 보잘 것 없는 이력에
시인이라는 이름이 새삼스럽지만
부끄러운 줄도 모르고
'나'라는 책 한 권을 꿈꾸었다

페이지마다 각각의 꽃이나 바람,
상처 입은 마음들을 모아
그럭저럭 펼쳐놓고 보면
한 생生의 사서함쯤 꽉 찰 것이라 믿었기에

책의 행간마다 일으킨 낱말의 터전에
반평생을 눈시울 붉혔어도
아직은 허공에 걸린 미련이 한 짐이니

고맙고 미안한 마음은 언제 또,
농익은 내 감정의 모든 헌신을 담아
누군가 기꺼이 펼쳐 줄
삶의 다음 페이지를 분양할 수 있을까

허허실실虛虛實實

막 데워진 찻잎의 온도만큼
우표 한 장 달랑 붙여
부칠 수 있는 마음뿐이었다면
온갖 분수없는 삶의 행렬에
충분히 공손할 수도 있었겠지

삶이 가파르듯 나도 가팔라서
허한 듯 실하고
실한 듯 허한 것들 마주하며
생각 없는 하루쯤이야
대수롭지 않다 넘기기도 했겠지

글귀 한 줄에도 분명한
줄기가 있고 뿌리가 있어
허허실실虛虛實實의 으뜸이리니
언중유골言中有骨의 있고 없음이
무에 그리 궁금하다고

뜸 잘든 회한이 덜컥,
서슬 퍼런 발등에
자물쇠 채울 일도 없었겠지

파도

사랑하다가
미워하다가
풀잎처럼 쓰러져
짓밟힌 것들

바다에는 버릇도 없고
그늘도 없으니
더는 참지 말고
더는 멍들지 말라고

네가 너인 것이 너무 무거워
마음이 궁벽할 때는
스스럼없이 너를 놓아도
그만이라고

나만큼 사랑하고
나만큼 더 미워한 적 없다면
감히 저 파도에
너를 견주려 하지 말라고

한 겹 밀리면
다시 한 겹 밀려와
갈매기보다 먼저 검은 너울을
밟고서는 갯것들

오란비*

오 란 비… 라니
참으로 혀끝에 착 감겨드는 말이 아닌가

그저 장마라고 하면
한순간 무차별 쏟아져 내려
많은 사람들의 마음 할퀼 것 같지만

오 란 비… 라고 하면
간질간질하는 마음속 무량한 습기마저
흔적도 없이 말려버릴 것만 같은데

물방울 돋는 그 말이 너무 예뻐서
말랑말랑해진 마음 한 자락 끝
칠월의 포도넝쿨처럼 싱싱해지는데

미처 사람들 귀에 닿지 못한 그 말
고슬고슬 가을바람 불 때까지라도
오래오래 삭혀서

천지사방 푸르고 생생한 말의 뼈
온통 시인의 무늬로 물들여야 겠네

* 장마의 옛 말

고추잠자리

하늘가에 드리운
쪽빛 어울려
한바탕 너스레를 떨 듯
맴만 돌더니

무엇이 부끄러워
저토록 마음 붉히나

닿을 수 없는
이름만 부르느라
가을빛 찬란한
분주함만 탐하더니

무엇이 애달파
저토록 눈시울 적시나

허수아비와 참새

허수아비 고단한 들판에
속살 훤한 바람 앞지르며
참새 한 마리 날아든다

어디서 왔는지
다른 소식 일체 없고
시린 어깨 기댈 곳 찾아
등 푸른 날갯짓만 하염없다

찬바람 깨무는 날
저녁노을 아무리 바쁘게
어둠을 불러와도

제 발등을 적시지 못한 허수아비
메마른 가슴살 떼어내
들판 가득 뿌리는데

참새 한 마리
공연스런 별빛만 다투고 있다

봄 생각

산다는 것이 가끔은
노을 속을 걸어가는 것이라면
마음 따뜻한 사람 하나 손잡고
짧은 봄날의 꽃길
함께 걸어보고 싶습니다

꽃 피어 환한 시절이나마
그 한 사람의 생生에
온기 가득 전할 수만 있다면
봄볕 살며시 등에 업고
노을 색 짙은 옷 한 벌 지어

사무치도록 엷어져서는
비껴가지 않아도 좋을
인연 한 조각 붙잡고
그 애틋함에 마음껏 기대어

단 한사람만을 위한
최후의 배후가 되어 보렵니다

사람아

유난히 하늘빛 푸른 날
기억의 저 편에서 일어서는
사람아

슬픔이 다하면 잊혀 지겠지
낡은 옷깃 여미었지만
비껴가는 운명이란
걷잡을 수 없음이라

애달픈 기다림일랑
이제 그만 놓아버리고
제 품을 넓혀 보라고

사람과 사람 사이에도
분명 간격은 존재하느니
놓았으면 이제 그만
삶의 여백에 들어오라고

오랜 기다림에 겨우
허공 한 자락 부여잡은
설운 사람아

겨울새 시집가는 날

눈이 많이 내려
흔적모를 허공만이 서늘하던
그해 겨울
그 눈발들이 퍼붓는
수신호 하나 읽지 못해
소통되지 않을 문자만 남발하던
겨울새 한 마리

골짜기마다 문득
생나무가지 부러지는 소리
천둥처럼 쏟아져 내려도
지상에서 허락된
신기루 같은
제 삶의 전부를 걸고
더 이상 기다리지 않아도
그만일 찰나의 生 너머

제 마음속 빈 방에
등불 지펴 줄 사람 찾아
하얀 면사포 쓰고 신행 가네

한번쯤은 기차를 타볼 일이다

그리움을 찾아 나선
길 끝이 아니더라도
한번쯤은 기차를 타볼 일이다

지금이야 벚꽃 다 지고
사선으로 내리긋는 빗소리조차
드물어
먼산바라기로나 제격이지만
금정역을 지나고
왜간역을 지나다 보면
작은 것에서부터
희망의 싹이 트이길 바라는 마음엔
어느새 눈물샘 가득 차오르고
푸른 강물 넘칠 것이니

삶의 곁가지로 열린 길 따라
산발한 그리움 환해지는 날이면
발끝에 달라붙는 거미줄 따위
바람처럼 잘라버리고

한번쯤은 기차를 타볼 일이다

시詩의 나무 한 그루

사람과 사람사이의 정이란
나무 한그루 키우는 것과 같아서
그 영양분 아무리 골고루 나누어도

나무 가지 끝에 서린 마음은 다 달라서
그 그늘의 깊고 얕음도 각양각색이라

바람 불면 부는 대로 파랗게 돋는 그 마음
아름드리 둥치로 자라
그 둥치에 쏠린 정 더욱 짙푸를지니

자고로 나무란 꽃이 져야 열매 맺음이
합당한 이치이고 보면
이미 열매 맺었다 한들
그 피고 짐이 다를 수도 없을 것을

한줄기 인정에 기대어 뻗는
마음 한 번 더 헤아릴 수만 있다면
언젠가 시詩의 나무 한그루에도
고스란히 그 나무의 짙푸름 여울지겠지

4부
그림자

불꽃놀이

달빛도 서슬 푸른 노천극장
무한천공의 하늘을 표류하는
별자리의 정착을 위하여

마음이라도 견주고 싶은
사람들 사이를 헤쳐 흐르는 불빛
폭포처럼 쏟아져 내리면

강물은 언제나
멀리서부터 출렁이는 것이 아니라
바로 곁에서부터 출렁인다는 것

그 사실 하나만으로도
사윈 마음자리엔 어느새
화르르 불꽃 살아나는데

온 세상의 지축을 흔들고
타오르는 저 불빛은
본래 누구에게로 가는 수신호일까

내 그림자가 사라졌다

언제부터인가 늘 내 몸에 따라붙던
그림자가 사라졌다

언제든 나와 한 몸이라서
나무 밑에 누우면 나무가 되고
꽃잎 속에 숨으면 꽃잎이 되어
부서지거나 반짝였는데

한순간 따라다니는 기색조차 없이
그 자취를 감추었다

어인 일일까 헤아리지도 못하고
날마다 허둥대는 동안에도 해는 뜨고 지는데

환상은 무한한 유혹으로 나를 흔들며
보도블록에 처박힌 플라타너스 잎사귀처럼
동그란 눈을 뜨고 삭둑삭둑 허공을 가르고

마음대로 부리고 마음대로 저버렸던 시절엔
귀한 줄도 몰랐는데

한때의 모양과 색깔과 표정들을 떠올려 봐도
그 형체조차 찾을 수가 없다

온갖 궁리 끝에 물처럼 바람처럼 헐렁하게
마음 들어설 자릴 넓혀 보아도 소용없고

들쑥날쑥 기억이라도 파헤쳐 볼까
어지러운 발자국만 넘실거리는데

삶의 어떤 가지를 치고 접고 오려붙여야
숨은 내 그림자 다시 살아날까

평행우주

빛 속에서 빛을 거슬러 가면
거기 평행우주가 있답니다

그곳에선 외국어에 능통하고
지도도 잘 볼 줄 아는 나는
돌과 뼈로 된 아주 오래전 언어를 찾아
마음 내키는 대로 떠도는 방랑자랍니다

얼마나 후련 할까요

적어도 그곳에서는
아무 장막 없이 영원을 이해하는 척
가식 떨지 않아도
한순간 검은 빛에 잡아먹히지 않을까
노심초사 하지 않아도

물렁물렁 닮은 듯도 하지만
꼭 그렇지만도 않은 그림자와 마주해서는
먼 우주의 빛 속에서라도 마음껏

얄팍하고 부드러운 종이에
제 얼굴 또렷하게 그릴 수 있을 테니까요

닿을 수 없다고
아주 없는 건 아니잖아요

순도에 따라 흘러가는 빛 속에서라도
가장 순수한 흰 뼈를 묻고
자기만의 언어로 시詩를 짓는 시인이라면
우연과 필연의 경계에서 수없이 깨어지는
존엄을 엿볼 수도 있을 테니까요

그렇지 않을까요

아우내장터

얼마나 간절한 염원 서렸으면
두 갈래의 물이 하나로 아우러져
세상에 없던 길도 만들었을까

놓아 보내는 것이 무언지도 모르고
열에 들떠 만세를 부르거나
독립을 외쳤던 그 때의 사람들은
닿아야 할 곳이 어디인지는 알고나
그 애끓는 만세의 물결 이루었을까

유별날 것도 없이 아팠던 기억은
시골 장터의 여기저기 흩어져
서로의 기억을 잇는 길이 되었는데
그렇게 서로의 가슴에 새긴 길은
푸짐한 순대국밥 한 솥으로 끓어
한 물결 일으키는 새 길도 틔웠는데

가늠하기 힘든 생生의 바깥에서조차
질량불변의 법칙처럼
언제나 고이지 않고 흐르던 그 물결은

서로의 가슴에 닿는 길 따라
뜨끈한 국밥 한 그릇의 여정으로
다시 모이고 흩어지는 물결 이루었나니

옛 적 사람들은 해마다 만세 부르며
넘어졌던 슬픔 한 움큼씩 일으켜
이렇게도 한정 없는 궤적 이어갈 것을
예견이나 했을까

도이인타논[*]

누가 이 깊은 산중에 물방울 감춰두었나

산은 말이 없고
오르는 발자국마다 비구름 밟히는데

천안사람 손목 잡아끌고
김해사람 이마를 깨무는 저 물방울들

그 물방울 속에 안개꽃 피어오르고
그 물방울 속에 무지개 피어오르고

비옷 속에 젖은 마음 무겁거든
발밑 물방울 하나 가만히 깨물고 오라고

무릎을 기어오르는 허공 한 자락쯤이야
얼마든지 셔터 속에 가두어 가도 좋다고

앞서거니 뒤서거니
물방울에 어린 청명을 떨구는 아바타꽃나무여

언제 또 이 산자락에 발붙일 일 있을 거라고
나대는 심장을 가만히 문지르는 내 그림자여

* Doi Inthanon : 태국 치앙마이 국립공원

SINGAPORE

햇살의 각도마저 비껴간 낯설음에 첫 날의 아침은
심한 현기증을 더했지만 흐르지 않는 시간은 없으니
마리나베이샌즈 호텔 뱃머리에 떠안고 온 시름 모두를
얹어 보냈다

새삼스런 기억을 아무리 더듬어 봐도
어제의 하루를 매혹시키는 풍경의 잔주름은
인화된 사진처럼 늘어갔지만
정작은 사자머리 물줄기 끝에도 닿지 못한
이틀이었다

길은 잃어도 마음만은 잃을 수 없다고

적도 열대우림의 숲에서 소금기 쫙 뺀
정성스런 눈 맞춤에 길들 무렵조차
제 발자국 뒤에 찍히는 발자국을 따라잡지 못하고
이정표도 없는 길을 경황없이 오가다가

천지사방 안테나를 세우면 내가 가는 곳이 곧
길이 되는 법이라고 뻗대느라 길을 잃었던

사흘도 지나고

불현듯 몇 포기 바람과 함께 실려와 귀에 박히는
모국어의 수런거림이 고향처럼 푸근해져서는
그림자 같은 풍경 몇 점 배낭처럼 짊어지고
한순간 겨울로 날아올랐다

슬픔의 끝에 가 닿는 길

지하철 출퇴근은 참으로 오랜만에 느껴보는
물아일체物我一體의 경로이탈이었다

환경이 바뀌면
한 순간에 인연이 다하는 이가 있고
가깝지 않다 여겼어도
인연의 무게를 지탱해주는 이가 있는 것처럼
가야 할 길의 멀고 가까움과
함께 한 시간의 길고 짧음만이
인연을 이어가는 척도가 아니라는 것도
그 길 위에서 알았다

살아간다는 것은
참으로 슬프고 고맙고 미안한 인연 위에
더 많은 것들을 쌓아가는 일인 것을
몇 번인가는 지나친 무심함에
스쳐간 인연의 내력마저 다 헤아릴 순 없었지만
한 때 같은 길을 내고자 했던 순간이 바래어졌다하여
그 시간의 정감마저 묻어버리고 싶진 않았다

매일 아침 같은 시각 같은 자리에 앉아
슬프지 않은 척 슬픔의 끝에 닿는 길의 여정을
곱씹는 동안에도
생生의 추는 변함없이 어느 쪽으로도 기울지 않고
나아간다는 것을
절대 습관처럼 가볍게 여기고 싶진 않았다

빛의 순간

어둠의 범주에 들지 않는 나는 빛이라 하오

처음이면서 끝이었던 빅뱅 이후
자연의 침묵 속에 가만히 내려앉은
그 모든 순간에도
보이지 않는 것을 보인다 여긴 것은
유려한 착각이었을 뿐

한때 신이라 여겼던 어둠의 영역에서
어느 한 곳도 비춘 적 없는 것처럼
숨죽인 침잠으로 오히려
비춤보다 더 선명한 윤곽 드러낸 것은
한 번도 도달한 적 없는 오묘함
때문이었으리니

우리의 무한한 상상력이
그 어둠을 뚫고 본연의 색채를
하나하나 헤집으며 활보할 때조차
주술처럼 아무렇지도 않은 듯

의식의 자유로움 속을
물결쳤으리니

아무도 모르는 밤과 낮 사이
삶과 죽음의 경계마저 허물었어도
애초 빛은 어둠의 부재에서
비롯했음을
함부로 누설할 일은 아닐까 하오

한시름을 놓고

어차피 흘러가거나 흘러오는 것들
마주하거나 밀어내면서
다져온 내 삶의 주방은
원래 붙박이 된 싱크대와 같아서
손자국 자욱한 그릇들 옹기종기 모여
매일 찬물에 젖는 노래를 하거나
예순 해의 물방울 맺힌 접시들
깨지도록 닦아 보아도
처음 피었던 장미꽃의 문양을
되살릴 수는 없을 터

가벼운 리모델링 한번 해볼까 해요

싱크대는 아리 아릿함 가득 품은
연분홍 진달래꽃으로 단장하고
장미꽃 문양 다 닳은 접시엔
새벽 하늘빛 고즈넉한 별들 데려다
생생한 옥빛 곱게 물들인 다음
한 차례 다녀 갈 삶의 길목에서
오래도록 찾지 않아도 좋을

술래가 되어 한시름을 놓고
그윽한 향 차고 넘치는 차 한 잔
입 안 가득 머금은 채

슴슴한 인생국 한번 끓여볼까 해요

봄이 온다고

누군가 말했다

사방에 길을 트면 봄이 온다고
그런데 어제도 그제도
열심히 튼 그 길 끝에
꽃을 그리던 마음 어긋나
눈바람 날렸다
미리 짐작한 전조증상 없었어도
밤새 수상한 기운 넘치더니
땅이 얼고 몸도 얼어
설레던 마음 금세 휘어졌다

하긴 살아 숨 쉬는 동안
이렇게 뒤집어질 일
몇 번이나 있을 거라고
호들갑을 떨까마는
어떤 눈은 환상을 부르고
어떤 눈은 오점을 남긴다는 것도
모르고 꽃 그림자에 홍청거리던
가벼운 몸짓 단숨에 부수고

더 깊게 파고든 저 질투의 화신은

어디서부터 날아왔을까

단풍나무숲길
- 독립기념관

충남 천안시 목천읍 남화리 230번지

흑성산 산 그림자 아래
기억되지 않아도 그만인 목숨
온전히 바친 이들의
혼이 깃든 곳

남의 땅에 기대서도
서슬 퍼랬던 신념
가차 없는 칼날에 스러져
영혼만 깃들었어도

다 견뎌내고 다 살아낸 지금,

용서할 수 없는 것들
한평생 품고 살아가는 것이
또 하나의 숙명이라고

모처럼 흥에 겨운
단풍나무숲길엔

가을이 뚝뚝 떨어지는데

한 계절 단풍에
더 서러울 일도 없다고
아득한 발길 따라
사람물결 여울지는 곳

수수만 년 함께 할 마중물이어라

호미곶

새벽길 달려
해안반도 둘레 길에 닿으니
마음마저 갯기를 품은 듯
갯내음 흠뻑 스며들더라

겹겹의 물결 밀쳐내느라
접은 마음 펴지도 못하고
파도를 들이고 바다를 들이느라
한창인 사람들

어느 곳으로부터 온 교신이
그리도 애틋한지
하루치의 경계 따위
너나들이로 허물어지더라

비가와도 젖지 않고 기다린 것은
저마다의 인정에 일렁이는
파도 때문도 아니고
뭇사람과의 인연도 아니었던 것을

호미곶 그 너른 바다의 품 안에
한나절 내
사람꽃 만발하였던 것은
누구나의 스스럼없는 유유자적悠悠自適이더라

자동세차장에서

살다보면 때로는
바퀴 하나의 무게로만으로도
한 세상 지탱해야 할 일
허다한 것을

무심한 척 아닌 척
버블버블 이는 거품으로
피었다 지기를 반복하며
범람하는 먼지꽃

제 몸 속 가득한 힘살에
어제를 달고 온 먼지도
오늘을 건너 온 얼룩도
모조리 지워버렸다

거침없이 쏟아지는 물살에
한 점 미련도 없이 쓸려
궁극에 닿는
저 한 무더기의 거품들

물방울 속에서 빛을 먹고
물방울 속에서 꽃을 피우나니

산딸기

산딸기를 따려면
산으로나 가야 하는 줄 알았다

아스팔트 열기 더해가는 도심에서는
차마 먼 꿈이라서
고봉으로 놓인 사발 속
할머니의 소맷자락 여미는 손길로나
볼 수 있는 풍경인 줄 알았다

공설시장 모퉁이
다 저문 산새소리 한번에도
고향마을 애태워하는
마음으로나 마주하게 될 줄은
정말 몰랐다

천지사방
눈길 닿는 곳 어디에나 터 잡아
씨앗 틔우는 동안에도

산딸기를 따려면
산속으로나 가야 하는 줄 알았다

바람 부는 날의 은행잎

나뭇가지에 매달려 이파리 피우는 동안엔
그 푸르름도 당당하였다

한 사람의 생生이 끊임없이 물든 얼룩이라면
한 잎의 생生 또한 그렇게 물든 얼룩인 것을

오직 피어나는 것이 목적이라
비켜설 줄도 모르고 달려오더니
어느덧 황달기 퍼진 얼굴로
나무에 대한 희망도 모두 놓아버렸다

바람 부는 날 골목길을 뒹구는 은행잎을 보면
꽃이라고도 열매라고도 이름 짓지 못해
등 떠밀리는 내 모습은 아닐까

속절없이 환해지는 은행잎 하나
마음 한 편 세내어 고이 접는데
부드러움은 노랗게 쌓여 켜를 이루고
그 마음 번져야 열매가 익는다고

구름 한 자락을 깔고 누운 그 잎사귀 한 잎
고요를 먹고 초저녁부터 잠에 들었다

파도리*의 돌

텅 빈 것들이 판치는 세상
범람하는 갈매기 울음을
먼 물길 속에 남긴 채 떠나 온 돌들

천지간에 저희끼리 살 부비며
깊이도 모를 두려움 따위 떨쳐버렸다

벽장처럼 굳은 멈춤의 시간
박제된 새들 곁에 누워
한낮 꿈으로야 되새겨도 보겠지만

옛 시절 파도소리 닿을 수 없는
낯섦에 부대껴도
한 죽음 뒤에 다시 오는 삶이라면

아득한 발자국소리 따라
기꺼이 그 바다에 닿고야 말리라

묵은 맹세의 기도처럼 다지며
당당한 저희만의 터전 일구었다

* 충남 태안군 소원면 해수욕장

저물녘 놀이터에선

이 세상 모든 아이들은 기우는 석양 속에
공룡의 마법이라도 펼쳐 걸어 둔 것일까

저물녘 놀이터에선 한웅 큼 걸린 석양이 아까워
모래밭에 엎힌 함성은 땅을 울리고

하늘만큼 솟았다가는 곤두박질하는 그 아이들의
아스라한 숨결 허공을 가르면
나뭇가지 물오르는 새순처럼 싱싱해지는 것들

얼마나 즐거우면 저토록 우주를 훤히 밝힐 수 있을까

옛 시절이나 지금이나 고귀함을 품은 어미의 마음 변함없어
밥 때를 알리는 외침 아무리 애절해도
바다처럼 번지는 별 그림자 아무리 발끝을 꼬집어도

몇 겁을 건너고도 남을 천진함으로
물 만난 고기떼처럼 파릇해지는 것들

바람 같은 영혼의 날갯짓 훨훨 펼치는데

푸른 어둠에 젖은 도시의 불빛 살아난들 대수일까

바람길 더욱 편안하리라

열흘 붉은 꽃은 없더라는 그 말
순간이거나 영원 아니어도
정지되지 않는 삶의 여정에
함께하는 것
물이거나 바람뿐이어도
대개 소외와 고독이란
침묵과 진실 사이의 뼈와 같아서
마음의 아궁이속 장작불
활활 타올라도
문이 되거나 벽이 되어
열거나 닫아걸면 그만일 것을

한순간에 들었다 놓을 수 있는
삶이란 결국 탕진하는 것
두려움의 길 슬픔의 길이
한사코 앞을 가려도
남은 인생 이제 몇 번이나
바닥 칠 일 더 있을 거라고
그 탕진의 위력에 힘입어
맥락 없는 삶의 뒤편에 나부끼는

꽃길 위에
사뿐히 얹힐 수만 있다면
바람길 더욱 편안 하리라

자귀나무

아파트 주변에 심어 놓은 나무들 사이
자귀나무 몇 그루 꽃을 피웠다

산에 올라서나 보려니 눈 맞춤도 안했는데
붉은 실타래 풀어놓은 꽃술이 넉넉하다

오월단오에 그 꽃잎 따서 말린 다음
배게 속에 넣으면 머리가 맑아진다는 속설 아니어도

봉인되지 않은 마법의 램프처럼 환해지는 꽃향기에
저절로 훈훈해지는 마음 따라붙는데

언제쯤 이사 왔는지
저녁 내 두 손 꼭 잡은 할머니 할아버지

관계의 끈을 놓지 않으려는 듯
그 나무 곁을 맴돌고 맴돌았다

독립적인 존재存在의 근원根源에 대하여

구재기(시인, 한국문인협회 부이사장)

독립적인 존재存在의 근원根源에 대하여

구재기(시인, 한국문인협회 부이사장)

시인 전봉건全鳳健은 일찍이 현대시의 제재에 관하여, "현대시가 지니는 소재와 동기가 얼마나 광대한 범위에 널려 있느냐는 것을 말하는 것입니다. 따라서 A라는 사람과 B라는 사람이 현대시를 말할 때 그들이 말하는 현대시란, A의 경우에는 A의 구미에 맞는 스타일의 시이고, B의 경우에 맞거나, B 혼자서 옳다고 생각할 수 있는 한도 안에 속하는 계열이 시이지 결코 다양다색한 여러 가지 스타일의 현대시 전부가 아닙니다"[*]라고 말한다. 현대시가 가지는 다양성은 현대시가 가지는 제재題材의 범위가 과거 그 어느 시대의 그것과는 비할 나위 없이 관대한 까닭에, 현재 무한하게 확대되어 가고 생각되어지는 우주나 천체의 현상에까지 이르고 있거니와, 이에 따라 현대시에 있어서 자칫하면 나의 구미에 맞는 생각이 자칫 독단적인 자세에 이르게 될 수 있지 않을까 염려되기도 한다. 따라서 현대시를 말한다는 것은 애당초 도저히

---

[*] 전봉건, 『에세이 시詩를 찾아서』(1968. 문명사) P.230.

이해될 수 없는 모순과 반발을 내포할 수 있을 뿐만 아니라 도저히 동일할 수 없을 것임은 두말 할 나위가 없으리라 생각한다

이와 같은 문제는 비단 제재에 따르는 문제이기는 하지만, 한 제재 내에서도 시적 진술이나 전개 및 시의 주제에 따라 제반 문제를 야기할 수도 있을 것이다. 즉 한 제재에서의 시작품도 시인 개개인의 관점이나 사상에 따라 달라지는 것은 지극히 당연한 일이기도 하다.

> 언제부터인가 늘 내 몸에 따라붙던
> 그림자가 사라졌다
>
> 언제든 나와 한 몸이라서
> 나무 밑에 누우면 나무가 되고
> 꽃잎 속에 숨으면 꽃잎이 되어
> 부서지거나 반짝였는데
>
> 한순간 따라다니는 기색조차 없이
> 그 자취를 감추었다
> 　　　　　　— 〈내 그림자가 사라졌다〉 앞 부분

위 시작품 〈내 그림자가 사라졌다〉의 첫 연에서 화자는 '언제부터인가 늘 내 몸에 따라붙던/그림자가 사라졌다'고 말한다. 현실적으로 도저히 이루어 질 수도 있을 수도 없는 일이다. 우선 '그림자'란 무엇인가부터 살펴볼 필요가 있다. 사전적 의미로의 '그림자'란 '물체가 빛을 가리어 물체의 뒤에 나타나는 검은 형상'을 말한다. 물리적인 현상 중의 하나이다. 또 '근심이나 불행으로 어두워진 마음' 또한 그림자로 해석이 된다. 이의 경우 정신적인 의

미로 해석된다. 끝으로 '자취나 흔적' 또한 그림자로 이해된다. 이런 역사적인 측면에서의 해석이 가해질 수도 있다. 그래서 위 시작품에서도 어느 한 가지로의 해석만으로는 무엇인가 부족하다. 지금까지 '그림자'가 가지는 이미지와는 전혀 다르게 해석될 수도 있다. 이것이 바로 시가 가지는 즐거움이요 새로움이요 시작품 감상에 따른 쾌락의 결과가 아니겠는가. 이외 같은 의미에서 김다연의 시집《내 그림자가 사라졌다》에 함께 하고 있는 전체 77편 중에서 몇 편을 임의적으로 뽑아 그 시세계를 살펴보기로 한다.

1. 긍정적 삶의 정체성을 찾아(1부 - 마음)

마음속 집 한 채 지어 본 적 있나요

시도 때도 없이 피고 지느라
천금 같은 목숨줄 앞에서
온갖 호사 다 놓아버려도
쓰러진 누옥 한 채 만으로는
뼛골 시리었건만

폐허는 또 다른 집의 이름이라고
빗살무늬로 얼룩진 계절처럼 무너져
막다른 벼랑 끝 문설주에 기댄
흙무더기 한 짐 짊어져 본 적도 없건만

집은 목수가 지었어도

정원이야 당연히 집주인의 몫이라고
분꽃이나 채송화라도 한 아름 떠다
심고 가꾸면서

난생 처음이어도
안쪽은 슬픔이지만 바깥쪽은 기쁨인
나무 같은 시詩 한 편 써도 좋을
그런 마음속 마당 넓은 집 한 채
　　　　　　　　　　─ 〈마음속 집 한 채〉 전문

　인간에게 '집'이란 무엇인가. 그것은 단순히 일상을 살아가는 삶의 공간에 그치는 것이 아니다. 집은 어엿한 존재로서의 출발점이다. 일찍이 하이데거는 '집이란 인간 존재의 안식처이며 세계를 열어주는 창'이라고 하였다. 집이란 단순히 물리적인 공간으로서 바람과 비, 외부의 위험으로부터 몸을 보호해주는 곳이요, 생활의 편의성이라든지 온기를 제공하여 주며 인간이 생존하고 생활하기에 최적화된 기본적인 환경으로서의 물리적 공간으로만 생각할 수 없다. '집'은 무엇보다도 정서적이며, 철학적, 존재론적, 문화적 의미를 가진다.

　이러한 의미의 '집'을 화자는 먼저 '마음속의 집한 채'를 말한다. 그러면서 '시도 때도 없이 피고 지느라/천금 같은 목숨줄 앞에서/온갖 호사 다 놓아버려도/쓰러진 누옥 한 채 만으로는/뼛골 시리었건만' 물리적인 의미의 '집'을 그려준다. 그것은 '집 한 채'로부터 비롯한 '피고 지'는 '천금 같은 목숨줄 앞에서'의 '집'이다 .'마음 속 집 한 채'라면서 먼저 물리적 의미의 '집'을 먼저 앞세우는 까닭은 무엇일까. 그것은 온갖 고난과 역경의 삶과 함께하여온 '쓰러진 누옥 한 채 만으로는/뼛골 시리었'다는 데에서 찾아볼 수 있다. 즉

'집'과 더불어 살아온 화자의 존재를 자각하고 있는 현실적 문제일 수 있다. 화자는 다시 '폐허는 또 다른 집의 이름이라고/빗살무늬로 얼룩진 계절처럼 무너져/막다른 벼랑 끝 문설주에 기댄/흙무더기 한 짐 짊어져 본 적도 없건만' 마침내 〈마음속 집 한 채〉를 꿈꾸어 본다.

이 '마음 속 집 한 채'는 단순한 현실적인 '집'이 아니다. 현실적인 '폐허는 또 다른 집의 이름'이라고 말하면서 '빗살무늬로 얼룩진 계절'로 돌아간다. 빗살무늬토기는 신석기시대를 대표하는 물질적 삶의 표상 중의 하나이며 삶의 변천 과정을 상징적으로 말해주는 표상이기도 하다. 화자는 이 '빗살무늬토기'로 하여금 원시시대의 '집'을 그려보고 있다. 이것은 그만큼 고단한 현실적 삶의 모습을 역사적으로 보여주는 '한 채의 '집'을 함의하고 있는 것이기도 하다. 그러므로 '얼룩진 계절'이야말로 '집'이 가지는 긴 역사를 말해준다.

화자는 여기에서 '집'과 더불어 살아온 자신을 돌아보게 된다. '막다른 벼랑 끝 문설주에 기댄/흙무더기 한 짐 짊어져 본 적도 없건만' 자신에게 부여된 삶의 물결은 현실적으로 불가능하다. 그래서 드디어 화자는 〈마음속 집 한 채〉를 꿈꾸게 된다. 비록 화자는 현실적으로 밀려오는 '막다른 벼랑 끝 문설주에 기댄' 채 새로운 '집'에 대한 꿈을 그려본다. 그러나 화자는 현실적으로 '집'과 함께 살아오면서도 존재로서 결코 '흙무더기 한 짐 짊어져 본 적도 없건만' 결국 인간 존재로서 돌아갈 곳, 현실로부터 탈출하여 정체성과 정서를 형성하는 중요한 삶의 배경으로서 현실적으로 방황하는 화자에게는 '집'은 귀환의 종착지, 안식의 공간이자 희망의 상징인 '집'으로 꿈꾸게 된다. 물리적인 '집은 목수가 지었어도' 정서적 공간으로서 삶을 영위할 '집'의 '정원이야 당연히 집주인의 몫이라고/분꽃이나 채송화라도 한 아름 떠다/심고 가꾸면서' 살아갈 '집'을 꿈꾸게 되는 것이다.

그리고 마침내 화자는 비록 현실적으로의 고난함이 '난생 처음이어도/안쪽은 슬픔이지만' 그 속에서 살아가는 외형적인 자세로 보여주는 '바깥쪽은 기쁨인/나무 같은 시詩 한 편 써도 좋을/그런 마음속 마당 넓은 집 한 채/를 드디어 완성하게 된다. 화자는 '나무 같은 시詩 한 편 써도 좋을/그런 마음속 마당 넓은 집 한 채'를 통하여 '거주함으로써 존재한다'는 의미를 명징하게 보여줌으로써 삶의 기반인 '집'은 인간 존재의 엄연한 출발점임을 말해준다. 따라서 화자가 꿈꾸는, 〈마음속 집 한 채〉는 화자가 어떤 집에 사는지, 아니면 어떤 집을 꿈꾸는 지를 '집'을 통하여 화자 자신으로 드러내고 있다. 즉 복잡다난한 현실에서 벗어나 돌아가고 싶은 곳, 자신의 자신을 드러내지 못했던 현실에서 자신의 정체성을 찾게 해주는 〈마음속 집 한 채〉를 적확하게 비춰주고 있거니와, 화자에게는 이와 같은 '집'이야말로 화자가 이루고자하는 귀환의 종착지, 안식의 공간이자 소망적인 삶의 상징이 되는 것이다.

화자는 '귀 기울여봐/저 산봉우리의 고즈넉함을 열며/이 골 저골 휘젓는 은피리소리처럼/맑은 새소리 금방 들려오잖아'(시 〈잎이 있어야 해〉 중에서)라면서 현실에 대한 확고한 의지와 함께 삶에 대한 긍정성을 엿보이고 있는 것이며, 현실로부터 '얼마나 가득 푸르렀는지를 잊은 채/마지막 조명을 향해 달려드는/무심한 몸짓'(시 〈그루터기〉 중에서)에 시선을 멈추기도 한다. 또한 '기댈 것 없는 이 스산한 계절에/너나없이 눈 가리고/바라보다 지나치는 것들'(시 〈겨울 산수유〉 중에서)에 대한 한없는 애정을 보이고 있을 뿐만 아니라 '하루쯤 아무렇게나 머물다 스러져도 좋을/산마루에 누워 초연한 숨결 고르는 이곳은/길의 끝인가 시작인가'(시 〈마음으로 가는 길〉 중에서) 화자 스스로의 정체성을 확인하기도 한다.

2. 상처의 아름다움을 찾아(2부 - 꽃의 상처)

　　상처가 꽃이 될 때라면 그 상처는 이미 꽃을 피워낸 아름다움 속에 철저하게 용해되어 또 다른 아름다움으로 새로운 꽃 하나를 이룬 상태가 되었다는 것이다. 따라서 맨 처음에 받은 상처는 가슴에 묻히게 되지만 맨 처음 받은 상처 위에 덧대는 새로운 상처라면 쉽게 치료가 되기 마련이다. 사람은 상처를 받음으로써 서로를 인식하게 되며, 상처를 통해서 서로를 이해할 수 있는 혜안慧眼을 가지게 된다. 이러한 의미에서 상처에는 아픔만이 응고되어 있는 것이라 볼 수 없다. 19세기 프랑스의 비평가인 C.A. 생트뵈브(C.A. Sainte-Beuve, 1804~1869)는 〈애욕愛慾〉에 대하여 '사람이란 나이가 젊어서 연애를 할 때는 우선 사랑에 결부시켜 생각하는 법이다. 모든 고통은 사랑을 풍부하게 하며, 모든 정열은 가령 그것이 사랑과 아무런 관계가 없는 것일지라도 사랑 속에 주입되며, 연정戀情을 증대시킨다'고 한다. 상처가 꽃을 피웠다면 곧 연정을 증대시킨 결과로 얻은 향기라고 할 수 있지 않을까. 다음의 시작품을 살펴보자.

　　　　길가에 영산홍 흐드러졌다

　　　　누군가 한바탕 출혈이라도 한 듯
　　　　선홍빛 찬란한 꽃 마냥 바라보는데
　　　　문득 처연함이란 단어가 떠올랐다

그 꽃의 본질 때문도 아닌데
하필 처연함이라니
일순간 제 심사 편치 않다고
함부로 처연함을 규정하였으니

이 계절 아무래도 나는
꽃을 대하는 편협함으로부터
자유로울 수 없을 것 같다

— 시 〈영산홍〉 전문

길을 가던 화자는 문득 길가에 핀 영산홍을 바라본다. 그리고 '길가에 영산홍 흐드러졌다'고 느낀다. 그러나 생각에 젖는다. '누군가 한바탕 출혈이라도 한 듯/선홍빛 찬란한 꽃 마냥 바라보는데/문득 처연함이란 단어가 떠올랐'기 때문이다. 그러나 곧 화자는 다시 생각해본다. 과연 선홍빛으로 핀 영산홍의 모습이 '처연하다'는 것이 올바른 생각이란 말인가. 그것이 과연 '영산홍'이라는 이름으로 꽃을 피운 본질적인 표현이라고 할 수 있을까. 그 '영산홍'은 이미 꽃을 피우기 이전에 '누군가 한바탕 출혈이라도 한 듯'하다. 꽃을 피우기까지 어쩌면 온갖 고통을 받았으며, 그 고통으로 인한 상처로 꽃을 피워댄 것인지도 모른다. 그러함에도 불구하고 "처연함'이라고 한 것이 과연 올바른 것일까 '문득 처연함이란 단어가 떠올랐기 때문이라지만 뭔가 상처 앞에서 피운 꽃 앞에서 화자는 잘못된 것이라 생각하게 된다. '처연함'이란 '처연凄然하다 : 춥게 느껴지고 쓸쓸하다'는 의미요, '처연悽然하다 : 애달파 처량하고 슬프다'는 의미이다. 두 가지 의미 모두가 아름답게 꽃을 피워준 영산홍에게는 전혀 적절하지 못한 표현이다.

그렇다면 왜 화자는 이와 같이 조화롭지 못한 표현으로 '영산홍'

165

을 말한 것일까. 화자는 '그 꽃의 본질 때문도 아닌데/하필 처연함이라'고 말한 것은 연산홍 꽃 때문이 아니라 화자 스스로 '일순간 제 심사 편치 않다고/함부로 처연함을 규정하였'다는 것을 깨닫는다. 한 송이 꽃을 피우기 위하여 연산홍은 분명 아름다운 꽃을 피우기 위하여 눈과 비와 바람으로부터의 온갖 수난을 '처연하게' 겪어 왔을 것이며, 이에 따라 받은 시련과 상처를 치유하여 결국에는 저리도 꽃을 피운 것은 분명하다. 그야말로 꽃을 피우기까지의 삶이란 '처연함'이 분명하다. 그러나 그 '처연함'이란 연산홍의 본질적인 삶의 모습이 아니다. 화자가 연산홍을 본 순간 '일순간 제 심사 편치 않다고/함부로 처연함을 규정'한 결과이다. 화자의 '심사心事'에 따른 오류는 꽃을 꽃답게 보지 못하고 꽃을 괴롭히려는 심술궂은 마음에서가 아니라 화자 자신이 연산홍에 대하여 일어나는 감정이나 생각으로부터 비롯된 오류 때문이라는 것이다, 그에 따라 화자는 '이 계절 아무래도 나는/꽃을 대하는 편협함으로부터/자유로울 수 없을 것 같다'는 심사를 토로한다. 따라서 이 시작품은 상처가 꽃이 될 때라면 그 상처는 이미 꽃을 피워낸 아름다움 속에 철저하게 용해되어 또 다른 아름다움으로 새로운 꽃 하나를 이룬 상태가 되었다는 것을 말해주고 있는 것이라 할 수 있다.

이러한 화자의 심사는 화자가 일상에서 새로운 대상을 인식하였을 때 오류를 일으킴으로써 대상의 본질을 더욱 인식하게 되며, 그를 통하여 서로를 이해할 수 있는 혜안慧眼을 가지게 된다. 즉 '지금껏 견딘 시간들이 의미 없다/무릎 꿇을 일도 아닌 것을//저 홀로 아프고 저 홀로 앓다가/숙성된 생각처럼 낳은 //연둣빛 수선화 이파리 한 잎'(시 〈수선화 이파리 한 잎〉 중간 부분)을 인식하고, '그녀의 의식 속엔 계절이 없습니다//이미 차가워진 손마디 마디엔/찬

바람 가득하고/두 번이나 수술한 엉덩이뼈엔/이미 오래전 비껴
간 풍경들만/새겨져 있을 뿐'(시 〈울엄마 2〉 처음 부분)이라는 것도 새
롭게 인식한다. 또 '언제쯤이면 나,/다시 사는 일이 늠름해져
서/이 나물밥 한 그릇/탈 없이 먹어치울 수 있을까'(시 〈나물밥 한 그
릇〉 마지막 연)라면서 자의식을 불러 일으키기도 하고, '봄볕 한 사
발의 생생함에/제 가진 것 모두 내주고도//맨드라미 채송화 곁에
안긴/달마대사의 미소 한 점이라'(시 〈기와 한 장〉 마지막 연)는 것을
깨닫기도 한다.

3. 삶의 밝은 길을 찾아(3부 - 아라리)

　시인 박목월은 〈행복幸福의 얼굴〉에서 '삶은 결코 미래에도 과
거에도 존재하는 것이 아니다. 바로 지금에 있는 것이다. 우리가
산다는 것보다 더 큰 인간에의 크나큰 의미도, 축복도, 심지어 어
떠한 보장도 없을 것이다. 인간에게는 산다는 것이 전부이며, 그
것을 어떤 목적에 예속시키게 되면 이 참되게 빛나고 싱싱하고 신
선하고 약동하는 삶의 의의는 그 목적으로 말미암아 일면화一面
化되고 굳어버리는 것이다'라 말한다. 또 '산다는 건 어딘가를 가
는 일, 느린 목선木船을 타고 시간의 물이랑을 시간 동안만 흐르는
일이다. 영원을 함께 가고 있듯이 더 멀리 더 오랫동안 흐르고 싶
어한다'고 김남조 시인은 〈시간時間 속에〉란 글에서 말한다. 그
렇다면 시인 김다연은 시작품 속에서 어떠한 삶의 길을 모색하여
가고 있는 것일까.

①
지금의 순간이 줄지어 세운 사각렌즈 안에
고스란히 담긴다 한들
폭발하는 꽃들의 아우성에 비한다면 아무것도 아니지요

그래서 하는 말인 데요

아무리 누가 뭐라고 해도 오늘의 풍경 중 제일은
꽃잎 바람을 타고 스스럼없이 다녀간 당신이었어요
　　　　　　　　　　　　　　　— 시 〈벚꽃 친전親展〉 끝부분

②
결국 세상으로부터 도망쳐 와 세상 한가운데 집을 짓는
그 심사가 오죽 팍팍할까마는

폭풍에 젖은 깃털이라도 말리며 쌓인 시간의 터널을
무사히 빠져나가고픈 꿍꿍이속 있어
저토록 가파른 집을 짓는다는 걸

참으로 경이롭지 않은가요
　　　　　　　　　　　　　　　— 시 〈까치집 2〉 끝부분

③
깊은 고요는 오히려 경계를 허물고
향기로운 인연을 더했으니
세상 고혹한 수식어를 붙여본들
시리고 푸른 그 마음에 닿기도 전
녹아들어 스러지고 말 것을
　　　　　　　　　　— 시 〈여백의 미美, 세한도歲寒圖〉 중간 부분

④
지천의 풀꽃들 한층
스스럼없다 여기는
올곧음과
묵묵히 꽃 피울 줄 아는
섭생의 그 찬란함이

— 시 〈난 3〉 끝 부분

⑤
우두커니 한 곳만을 오래 오래 바라볼 때조차
겹겹의 마음 한 가닥이나마 끊어내지 못하는 것은
최후의 빛이 사라지는 순간까지도
더 큰 슬픔이 무르익기를 기다려야하기 때문이다

— 시 〈물끄러미〉 끝 부분

시 〈벚꽃 친전親展〉에서 화자는 자신의 삶을 눈앞에 펼쳐져 있는 '지금의 순간'의 '폭발하는 꽃들의 아우성' 속에서 '아무리 누가 뭐라고 해도 오늘의 풍경 중 제일은/꽃잎 바람을 타고 스스럼없이 다녀간 당신'으로부터, 즉 '벚꽃'을 빙자한 '당신'이라는 보이지 않은 실체의 인식으로부터 시작한다. 그것은 시 〈까치집 2〉에서 볼 수 있는 바와 같이 '결국 세상으로부터 도망쳐 와 세상 한가운데 집을 짓는' 굳은 삶에의 의지와 더불어 '그 심사가 오죽 팍팍할까마는/폭풍에 젖은 깃털이라도 말리며 쌓인 시간의 터널을/무사히 빠져나가고픈 꿍꿍이속 있어/저토록 가파른 집을 짓는다는 걸' 확인하면서 삶의 의지적인 자세에서 비롯함을 자인한다. 이러한 인식은 화자 스스로를 돌아보면서 '경이'로움으로부터 가지는 삶에의 확신이 아니면 이루어질 수 없는 일이다.

이에 따라 화자는 시 〈여백의 미美, 세한도歲寒圖〉로부터 삶의 '깊은 고요는 오히려 경계를 허물고/향기로운 인연을 더했으니/세상 고혹한 수식어를 붙여본들/시리고 푸른 그 마음에 닿기도 전/녹아들어 스러지고 말 것'임을 삶 속에서 헤아리면서, 시 〈난 3〉에서와 같이 '지천의 풀꽃들 한층/스스럼없다 여기는/올곧음과/묵묵히 꽃 피울 줄 아는/섭생의 그 찬란함'을 깨닫게 되는 것이다. 그러면서도 화자는 밝은 삶의 길 위에서 '우두커니 한 곳만을 오래 오래 바라볼 때조차/겹겹의 마음 한 가닥이나마 끊어내지 못하는 것은/최후의 빛이 사라지는 순간까지도/더 큰 슬픔이 무르익기를 기다려야하기 때문이'라는 것을 시 〈물끄러미〉에서 보여준다. 이것은 자신을 바라보면서 삶의 흐림과 맑음을 끊임없는 기다림과 익어감으로 인지하게 된 까닭이다.

이와 같이 화자가 추구하는 삶의 밝은 길은 다음과 같은 시작품에서 농익은 듯 배어 있음을 확인하게 된다.

첫 장을 열면 보잘 것 없는 이력에
시인이라는 이름이 새삼스럽지만
부끄러운 줄도 모르고
나라는 책 한 권을 꿈꾸었다

페이지마다 각각의 꽃이나 바람,
상처 입은 마음들을 모아
그럭저럭 펼쳐놓고 보면
한 생生의 사서함쯤 꽉 찰 것이라 믿었기에

책의 행간마다 일으킨 낱말의 터전에
반평생을 눈시울 붉혔어도
아직은 허공에 걸린 미련이 한 짐이니

고맙고 미안한 마음은 언제 또,
농익은 내 감정의 모든 헌신을 담아
누군가 기꺼이 펼쳐 줄
삶의 다음 페이지를 분양할 수 있을까
— 시 〈'나'라는 책 한 권〉 전문

1연에서 화자는 먼저 자신을 바라본다. 이는 깨어 있는 상태에서 자기 자신에 대하여 인식하는 한 작용이다. 그 결과 화자는 '시인'이라는 것이다. 그리고 그 인식은 모든 시인이 다 그러하듯 시인이라는 '이름이 새삼스럽지만/부끄러운 줄도 모르고/나라는 책 한 권을 꿈꾸었다'는 사실을 확인하게 된다. 이른바 자아인식自我認識이다. 이는 자아自我, 즉 스스로의 사고, 감정, 의지, 체험, 행위 등의 다양한 작용을 주관하며 통일하는 주체로서의 자아가 (시에서 작품에 나타난) 사상, 감정 따위의 주체에 따른 자기 자신에 대한 의식이나 관념으로 사물에 대하여 가지는, 그것을 진眞이라 하는 것을 요구할 수 있는 개념이라고 할 수 있다. 그래서 화자는 '페이지마다 각각의 꽃이나 바람,/상처 입은 마음들을 모아/그럭저럭 펼쳐놓고 보면' '그럭저럭' 큰 문제나 잘된 일이 없이 그런대로 뚜렷하게 마음을 두거나 의도적으로 진행하지 않았으면서도 그렇게 저렇게 하는 사이에 어느덧 일상에서 언제나 흔히 만날 수 있는, 자신만의 공간인 '한 생生의 사서함쯤 꽉 찰 것이라 믿었'다고 말한다.

이러한 삶은 화자로 하여금 '책의 행간마다 일으킨 낱말의 터전에/반평생을 눈시울 붉혔어도/아직은 허공에 걸린 미련이 한 짐이'라는 것을 자각하게 된다. 이러한 깨달음은 화자로 하여금 꾸준히 추구해온 삶의 길 위에서 '고맙고 미안한 마음은 언제 또,/농익은 내 감정의 모든 헌신을 담아/누군가 기꺼이 펼쳐 줄/삶의 다음 페이지를 분양할 수 있을까'하고 자문한다. 이러한 자문은 삶의 바른 길이라는 당연한 길을 당연하게 이어갈 수 있는 시인, 평범하면서도 비범한 것을 별 무리 없이 '시인'으로서의 밝은 삶을 이어가고 있음을 보여주는 것이 아닐까.

4. 밖에서 안으로 향하는 눈길(제4부 - 그림자)

지상의 모든 것은 '홀로'가 아니다. 홀로 존재할 수 없다. 그것이 목숨을 가진 생물이건 목숨 없이 형체로만 이루어진 무생물이건 모두 다 홀로가 아니다. 지상의 모든 것들은 다 동행同行을 가진다. 이에 따라 지상의 모든 것들은 스스로의 동행을 숙명처럼 받아들이면서 살아간다. 아무런 거리낌 없이 부담 없는 도반道伴의 자세로 동행同行하여 존재存在한다. 그러나 사람들은 이 동행으로부터 벗어나 곧잘 눈을 밖으로 돌리려 하고 있다. 곧잘 안으로의 동행을 외면하고 항상 눈을 밖으로 향하고 있으며, 또한 밖으로 향하려고 애를 쓰고 있다. 눈을 안으로의 동행에 돌리지 아니하고 밖으로 향하고 있음으로써 자기 존재의 근원적인 동행을 곧잘 잃어버리거나 져버리곤 한다. 그러나 자기 존재의 근원을 알기 위해서는 무엇보다도 자기와 함께 일상 밖에서 안으로 향하여 동반하는 동행同行에 유념해야 한다는 것이다.

밖에서 안으로 향하는 이것이야말로 세속적인 가치관이 새로운 가치의 세계로 전도顚倒되는 것이다. 그때 인간은 비로소 자기의 삶이 어디로 향하고 있는가, 정말로 어떻게 살아가야 하는가, 어떠한 뚜렷한 목표를 가짐으로서 동행하는 삶으로서의 동반同伴을 영위할 수 있는가를 생각할 수 있게 된다.

다음의 시작품을 살펴보기로 하자

　　달빛도 서슬 푸른 노천극장
　　무한천공의 하늘을 표류하는
　　별자리의 정착을 위하여

　　마음이라도 견주고 싶은
　　사람들 사이를 헤쳐 흐르는 불빛
　　폭포처럼 쏟아져 내리면

　　강물은 언제나
　　멀리서부터 출렁이는 것이 아니라
　　바로 곁에서부터 출렁인다는 것

　　그 사실 하나만으로도
　　사윈 마음자리엔 어느새
　　화르르 불꽃 살아나는데

　　온 세상의 지축을 흔들고
　　타오르는 저 불빛은
　　본래 누구에게로 가는 수신호일까
　　　　　　　　　　　ㅡ시 〈불꽃놀이〉 전문

　위의 시작품을 살펴보면 첫 연에서의 '별자리의 정착'을 위한 밖
으로의 시선이 둘째 연의 '마음이라도 견주고 싶은/사람들 사이
를 헤쳐 흐르는 불빛'으로 귀착함으로써 3연의 '강물은 언제나/멀
리서부터 출렁이는 것이 아니라/바로 곁에서부터 출렁인다'는 '그
사실 하나만으로도/사윈 마음자리엔 어느새/화르르 불꽃 살아나

는'것이다. 즉 천상의 별자리로부터' 사람들 사이를 헤쳐 흐르는 불빛'으로 '폭포처럼 쏟아져 내리'면서 천상으로부터 지상으로 합일되는 동행을 도모해놓는다. 이는 밖에서 안으로 귀결되는 '사원 마음자리엔 어느새/화르르 불꽃 살아나는' 보이지 않는 힘, 즉 '불꽃'의 존재에 새로운 가치를 부여하려는 작업이기도 하다. 이에 따라서 '온 세상의 지축을 흔들고/타오르는 저 불빛은'은 그냥 불빛이 아니라 '본래 누구에게로 가는 수신호'가 되는 새로운 가치 실현의 상징으로 정립되고 있는 것이다.

이와 같이 어떠한 새로운 가치 실현의 상징을 보여주고자 하는 화자의 시선視線은 결국 이를 정립시키기 위하여 일상 밖에서 안으로 향하는 동행同行을 실현하고 있거니와 다음과 같은 시작품의 일부에서도 그 모습을 찾아볼 수 있다.

①
가늠하기 힘든 생生의 바깥에서조차
질량불변의 법칙처럼
언제나 고이지 않고 흐르던 그 물결은
서로의 가슴에 닿는 길 따라
뜨끈한 국밥 한 그릇의 여정으로
다시 모이고 흩어지는 물결 이루었나니
　　　　　　　　— 시 〈아우내 장터〉 중간 부분

②
매일 아침 같은 시각 같은 자리에 앉아
슬프지 않은 척 슬픔의 끝에 닿는 길의 여정을
곱씹는 동안에도
생生의 추는 변함없이 어느 쪽으로도 기울지 않고

나아간다는 것을
절대 습관처럼 가볍게 여기고 싶진 않았다
　　　　ㅡ 시 〈슬픔의 끝에 가 닿는 길〉 중간 부분

③
한 계절 단풍에
더 서러울 일도 없다고
아득한 발길 따라
사람물결 여울지는 곳

수수만 년 함께 할 마중물이어라
　　　　ㅡ 시 〈단풍나무숲길 - 독립기념관〉 끝 부분

　①의 시작품은 〈아우내 장터〉의 일부분으로 천안 아우내장터
로 1919년 일제의 조선 식민지배에 반대하여 독립만세를 부른 곳
이다. '가늠하기 힘든 생生의 바깥'과 '서로의 가슴에 닿는 길'에서
'질량불변의 법칙質量不變-法則'과도 같은 동행을 이루면서 '독립만
세'를 불렀던, '뜨끈한 국밥 한 그릇의 여정으로/다시 모이고 흩어
지는 물결'을 이룬 장엄한 독립투쟁의 모습을 그려놓고 있다.
　②의 시작품 〈슬픔의 끝에 가 닿는 길〉에서는 '매일 아침 같은
시각 같은 자리'를 배경으로 '슬프지 않은 척 슬픔의 끝에 닿는 길
의 여정'을 '곱씹는 동안'의 내면과 '생生의 추는 변함없이 어느 쪽
으로도 기울지 않고/나아간다는 것을' 외부로의 동행을 통하여
'절대 습관처럼 가볍게 여기고 싶진 않았다'는 데에서 〈슬픔의 끝
에 가 닿는 길〉을 명시하고 있다.
　③의 시작품은 '독립기념관'이라는 부제가 상징하여 보여주듯
이 〈단풍나무 숲길〉은 애당초 '수수만 년 함께 할 마중물'이라고

민족 역사로의 동행으로 규정하고 있거니와 '한 계절 단풍에/더 서러울 일도 없다'는 외적인 상황의 '계절'과 '아득한 발길 따라/사람물결 어울지는' 내적 상황의 '사람 물결'이 동행을 이루면서 '독립기념관'이라는 민족적 역사성을 고양시켜주고 있음을 엿볼 수 있다.

시는 시가 추구하는 보편성 때문에 아무리 먼 곳이라도 그곳을 향하여 끊임없는 발걸음을 재촉할 수 있을 뿐만이 아니라 그 발걸음의 자취까지도 재조명할 수가 있다. 비록 먼 곳까지라도 갈 수 있을 정도로 시각視覺의 반경을 넓힐 수 있지만 그 원심적 움직임은 곧바로 새로운 가치의 중심에 내세워지는 삼라만상의 구심적인 원동력으로의 역할을 할 수 있게 된다. 그런 의미에서 김다연의 시는 일단 다른 어떠한 것에도 의존하지 않는 독립적인 존재의 영원불변한 근원으로 돌아가고 있다는 데에서 빛을 보여주고 있다고 하겠다. '한순간에 들었다 놓을 수 있는/삶이란 결국 탕진하는 것'이라는 말에 수긍하면서 '두려움의 길 슬픔의 길이/한 사코 앞을 가려도/(중략)/그 탕진의 위력에 힘입어/맥락 없는 삶의 뒤편에 나부끼는 꽃길 위에/사뿐히 얹힐 수만 있다면/바람길 더욱 편안하리라'(시 <바람길 더욱 편안하리라> 끝부분)는 것을 확신한다.

그러면서도 인간의 말(언어)에 의하면 어떤 대상에 대하여 가치의 판단은 자칫 상대적인 일면성을 갖게 된다는 위험성이 있다. 진부한 언어의 나열로 인하여 보편성의 가치를 훼손하면서 혼돈을 불러들이고 있음은 물론 세속적인 가치관에 휘말리게 될 수도 있다는 점을 말해두고 싶다. 앞으로 더욱 좋은 시세계에 들어 자신의 길을 가일층 빛나는 하루하루의 삶으로 영위할 수 있게 되기를 바란다.